# 台灣詩人側顏

莫渝

著

# 自序　側顏的神韻

　　英國福斯特（Edward Morgan Forster, 1879-1970）這位傑出小說家，有一部被譽為「現代小說美學經典」的論著《小說面面觀》乙書，裡面說：「（文學寫作）揭示了人物隱祕的內心生活。」台灣文學研究專家許俊雅教授亦說：「我固執地以為文學最能說出一個人內心真正的想法，……」（遠流版《台灣小說‧青春讀本》總序）。內心隱祕，內心真正的想法，都藉文字傳輸成文學作品。作為符碼的文字，儼然窗口，彷彿眼神，讓堆棧般的軀殼進行呼吸吐納氣息。

　　這裡所言眼神與氣息，似乎等同於中國古人所言「神韻」？顧愷之（約344-405）是中國東晉時代的畫家、繪畫理論家、詩人，其畫論築起的美學，以「傳神寫照」為核心，結合當時道釋學理的文學思潮派兼派別，強調了「神」概念的主張，認為「神」包含有幾個意義：人物的性格特徵、人物的才情與智慧、人物的情感狀態及表現於外的姿樣、人物所達到的某種精神境界。順此，往後的歷史推衍出「神韻說」的理論與鑑賞。

　　神韻，亦算當事人的風格吧。

　　如是，文學作品呈現了作者的神韻。閱讀文學作品，多多少少企圖詮釋（窺視？）作者的神韻，或者捕捉了幾分的神韻。

　　長年以來，持續地讀寫。閱讀品賞他人作品，亦回鑑自身；既顧影，兼反問：我是否「傳神」了詩人的風貌？「寫照」了他

（她）的神采？

　　當事人想必起身否認，你只窺視到幾分之一的Profile。

2012年10月30日

# 目　次

# 散發靜光的銀杏

——懷思巫永福先生的「文學之路」

## 一、前引

　　1930年代，日本殖民地出身的數位二十來歲的台灣青年，在東京籌組「台灣藝術研究會」，印行文學雜誌《フォルモサ》（即《福爾摩沙》），推動藝術性的詩文學，為新興的台灣文學界掀起里程碑。隨歲月流逝，當年英姿氣盛的一夥文藝憧憬者，逐漸凋零，跨世紀後，碩果僅存的巫永福先生也於今年9月10日離世，全體成員走入歷史，但，文學運動與文學生命並未萎謝。如同落地種子般，它們繼續在這塊土地各自萌芽、長大。文學雜誌的旗幟，仍標記著台灣新文學運動初期的有力飄揚，巫老生前整理出版全集24冊及未整理的少量文稿，都將成為豐富的文化遺產，提供典藏，讓後人欣賞與研究。塵土一坏，朝露人生，引人懷思的是這些足以千秋的詩文學。

　　2008年10月12日，台北市第一殯儀館景行廳告別式場內的輓詞，甚多「典型永存」、「仁風永仰」、「碩德永欽」、「德望所歸」、「駕鶴西歸」等，呈現的是他在社會層面世俗認同的「蓋棺論定」。另一層面，文學界恭送花籃的輓詞，如笠詩社的「詩業永恆」、台灣筆會的「筆劍同光」、文學台灣社的「文學長存」、李敏勇的「時代先鋒」，就突顯並肯定了他在心靈活動的焦點。

　　跨世紀的「文學長者」巫永福先生，是「國之耆宿」，台灣文學界的頂針，以九六高齡往生，理當有國家級的告別儀式，然環視現場，民間人士居多。讀其詩文，或許能體會家族的低調。再回看巫永福一生文學創作與行誼，他寫下甚多與當時文人交往的記錄，在當事人往生後，記載尤詳。同為台灣藝術研究會的同志王白淵和張文環兩位，巫老的追懷之情，溢於言表。在〈緬懷王白淵〉長文，巫老詳述當年告別式過程與眾親友留下的話語，文章起筆，巫老說「一個人死去，還常能使人緬懷者實在不多，雖已去了二十年，台灣新詩草創期的傑出傷痕詩人王白淵的影子，卻常在腦子裡環繞，談論新詩與美術的時候，他就會出現於我的面前。」在〈悼張文環兄回首前塵〉文章前，巫老留有一輓聯：

　　　　數十載文學運動，春風並坐，夜雨聯床，回首前程悲若夢。
　　　　猶著佳構竟未成，一朝永別，典型式望，尚留斯界作巨人。

　　如今，巫老走了，應有更多的晚輩緬懷他，先敬記數語，謹表感念：

　　　　轉型正義未完成，威權餘力強復辟，詩人遺憾深深深。
　　　　文學大業堆疊砌，無悔當年志凌雲，魂歸家鄉樂樂樂。

## 二、來自埔里的文學少年

　　台灣中部南投縣境，是全台唯一不濱臨海岸的內陸縣，卻擁有最美麗的日月潭和溪頭林園；1930年，引發世界矚目的「霧社事件」也在境內。當時，日治時期的行政轄區，列為台中州。霧社事件前十餘年，1913年3月11日，巫永福出生於台中州能高郡埔里社街（今南投縣埔里鎮），埔里是一處寧靜安份的小村鎮。乙未年間，台灣成為日本殖民統治之初，日軍進入埔里（清政府稱：大埔城），即發生「埔里抗日運動」，民眾犧牲了數千人。

　　巫家在當地經營地產與企業甚有成果，栽培年輕晚輩踏入醫門，在當地懸壺濟世，屬鄉紳望族，巫父自然期待永福能步後塵同樣學醫，偏偏造化弄人。1920年，巫永福入讀埔里公學校，1925年轉埔里小學校，1927年畢業，考進台中一中。隔年，認識大他一級的學長三級生鹿港人施述天，因借得日文版「世界文學全集」，閱讀法國與舊俄作家的小說，如《包華利夫人》、《女人的一生》、《安娜卡列尼娜》、《戰爭與和平》、《罪與罰》、《卡拉馬助夫兄弟們》、《白癡》等大作，深受感動，興奮之餘，立志於文學之路。十五歲的少年，立志於「文學之路」，當然背逆父親原意，免不了引發困擾。1929年赴日，進名古屋五中（熱田中學），畢業後，因仰慕明治大學文藝科的教師陣容，於1932年考進明治大學文藝科，接受世界文學的學院制度洗禮與薰陶。這些名師，包括文豪山本有山，小說家里見敦、橫光利一，戲劇家岸田國士、豐島與志雄，評論家小林秀雄、谷川徹三，詩人室生犀星、萩原朔太郎，露西亞（俄國）文學研

究者米川正夫，法國文學研究者辰野隆，德國文學研究者茅野
簫簫等人。

　　同年，巫永福與東京的台籍留學生蘇維熊、曾石火、張文
環、王白淵、吳坤煌、楊基振、王繼呂、施學習等人，籌組「台
灣藝術研究會」，翌年，印行文學雜誌《フォルモサ》（即《福
爾摩沙》），共出三期。巫永福在此刊物發表小說、詩、劇本。
踏上「文學之路」的夢想，終於實至名歸。

## 三、文學行誼

　　1935年春，巫永福自明治大學文藝科畢業，返台，處理家族
事業，同時，考進台中《台灣新聞社》擔任社會部記者，加入張
深切、張星建主持的「台灣文藝聯盟」，在其機關雜誌《台灣文
藝》發表作品；稍後，又加盟張文環的《台灣文學》，仍繼續文
學寫作。戰後，日本退離，政權轉移，發生「二二八事件」、國
民黨政權由中國大舉撤退，轉而全面掌控台灣，台灣政治社會劇
變，這時，巫永福淡出文壇，先後任職信託公司、家族事業、台
中市政府祕書、中國化學製藥公司，1963年出任新光產物保險公
司董事兼副總經理，職業與生活安定，至1985年退休。

　　戰後初期，雖然曾淡出文壇，並未放下筆紙，一首有名的
詩〈新做爸爸〉，即為1949年11月17日的作品，表現初為人
父，洋溢著歡欣喜悅，讀者心情也跟著快樂輕鬆；再者，因為
童年曾受私塾的漢文教育，此時，已能用流利的中文寫詩。不
過，比較積極的，應該是1967年加入「笠」詩社，隨後，在
《笠》詩刊42期（1971年4月15日）發表「故鄉抒情」四首詩，

及《笠》詩刊52期（1972年12月15日）由陳千武譯「巫永福詩輯」九首日治時期作品。前者〈泥土〉、〈沉默〉，屬新作；後者〈孤兒之戀〉、〈信號旗〉、〈祖國〉等出土的1930年代作品，令不少人注意到這位從日治時期走出來的詩人，尤其〈祖國〉一詩，擦亮許多人的眼睛。《笠》，是巫永福重新出發的文學基點；由此，延伸至《台灣文藝》，1977年，接任發行人；更進一步，因早年受評論家小林秀雄（1902-1983，日本文化界最有影響的評論家之一，也是法國文學譯者）的啟示，即體認文學評論的重要，1979年，獨自捐資創辦「巫永福評論獎」，鼓勵評論作業；1993年，改組成立財團法人巫永福文化基金會，分設：文學獎、文學評論獎、文化評論獎三項，嘉惠關心台灣文學的年輕學者與作家。至此，巫永福由文學創作者，型塑成文學運動者，益發其文學生命的充盈。

1996年5月，整理出版《巫永福全集》15冊；1999年6月，續出4冊；2003年8月，復出5冊，總計24冊。在全集的〈獻辭〉，巫永福感謝父母與家人的支持外，特別提到明治大學文藝科的師長：山本有山、橫光利一、小林秀雄，將全集呈獻三位，且三拜之，顯現巫老銘感的誠心。

四、文學創作的肯定

巫永福先生早期用日文寫小說、詩、劇本、俳句等；戰後用中文寫詩、評論、隨筆，仍參與日文俳句團體活動；晚期用台語寫俳句、短句（五言絕句），總計文字書寫，超過一甲子歲月，留下豐碩的巨迭成果。若以較嚴謹的文學創作看，約略可分兩

期，日治時期的1930年代至40年代初，與戰後1970、80年代。前期小說創作是主力，戰後則無愧「詩人」之名。證之全集之外，生前他特地精印兩本自選集：《巫永福小說集》（2005年6月）和《巫永福現代詩自選集：泥土》（2005年10月），可見小說與詩，是他關注的重點。

　　文藝青年的成長，大都自發式的在青春期出現。藉由外界五光十色的變化，青年直覺地興起第一度敏銳的感應，接納並抒發為文字記錄。巫永福的文學起步具同樣歷程。或許，他較為幸運，有機會進學院親炙文學大師和名師的教誨。第一篇小說即發表在1933年的《福爾摩沙》創刊號，至1941年，巫永福寫了七篇日文小說，直到1970年代，藉由譯筆才登上中文的台灣文壇，計六篇：〈首與體〉、〈黑龍〉、〈河邊的太太們〉、〈山茶花〉、〈阿煌與父親〉、〈慾〉；另一篇1936年的〈眠い春杏〉，未見中文版。這些標誌著巫永福先生在日治時期台灣文學的印痕。六篇中，〈首與體〉和〈慾〉有特殊意義。

　　明治大學文藝科諸位師長中，橫光利一（1898-1947）是與川端康成（1899-1972）同時起步及齊名的小說家，1924、25年間提倡「新感覺派」的夥伴，評論家小林秀雄還稱譽橫光利一為「小說之神」。「新感覺派」的寫作技巧有幾個特徵：1.為藝術而藝術（藝術至上、純文藝、唯美派），2.描繪都會（市），3.擅用獨白，4.意識流跳動思維的寫作，5.著重人物心理活動與感覺的細膩描繪。橫光利一創作過〈頭與腹〉（腦袋與肚子），巫永福第一篇小說〈首與體〉，適時出現。或許有標題的模擬，內容純是作者「獨特的感覺」。不論初學或模擬，並無礙有心者

的朝前邁進。如果將這兩篇作品,從影響接受說的理論探究,會是比較文學有趣的主題。

刊登《台灣文學》第一卷第二期(1941年9月1)的〈慾〉,全文約17000字(1970年代末,鄭清文中譯),敘述:布店老闆周文平想擴充營業(現代化的生意,須有現代化的店舖),購買(或承租)吳得成的角間文具店。雙方多次交涉,無法協議。林貴想進入王隆生的公司當董事,受到阻撓,未能如意。周文平與王隆生曾為中學校同窗,彼此事業有成,時相往來;但「有些事,竟連最好的朋友都不知道」。周文平周旋在林貴、吳得成和王隆生之間,既和好又暗中較量,耍伎倆,最後圓滿收場。原本會有刑責的王隆生也因圓融處理,全身而退。這篇小說主旨描繪:中產階級新興市民在商場與暗潮洶湧的人慾中,鬥智、掩飾、挑撥離間、虛空等複雜的人際糾葛,彼此如何連橫合縱(互相合作、設計?),從而獲取利益。書中充斥著人性心理的剖析。就表現內容看,開創了商業文學、都會文學與中產階級新興的市民文學。標題〈慾〉則包括幾個意涵:1.本意:欲望、夢想、野心,以及錢財、權力與情愛的貪戀。2.貪求無厭、人慾橫流。3.受寵或寵人。4.如小說中的語句:就像一條滑溜溜的蛇,敏速地轉身,逃向自我本位的安全地帶。有時,它也為自己的慾望而咬噬,並且不惜輸入毒液。

1999年,巫永福參加龍瑛宗的告別式,撰文〈龍瑛宗最得意的的一九三〇年代〉,其實,1930年代也是巫永福活躍期,是他本人津津樂道的年代:如沐春風的受教與參加第一個文學雜誌《福爾摩沙》,展露了其文學人的身分證。

　　1930年代，巫永福已有日文詩的創作，惜自己疏於發表，未久，台灣政局動盪，直到1970年代初才披露。結合新的創作，拓展了巫老的創作另一面向與高峰：「詩人」之志。若依巫老自訂的《巫永福現代詩自選集：泥土》看，共收116首詩，有代表意義的幾首名詩，如：〈遺忘語言的鳥〉、〈信號旗〉、〈孤兒之戀〉、〈祖國〉、〈雞之歌〉、〈泥土〉、〈氣球〉、〈風箏〉等均含蓋在內，極適合一般讀者的閱讀與欣賞。在《美麗島詩集》裡，巫永福記下自己的詩觀：「由自己的獨特個性出發，選擇其詩的型態，以語言技巧地表現其詩情、詩感，以顯示對人生的感性及思想。換言之，由主觀的燃燒而成為客觀化的純粹的詩的感受，再由其所把握的視覺角度，以簡約適切的語言組織的效果及修辭，表現其多端的姿態而構成新世界或新的現實，這樣成為生命的動態及美感，而能引起讀者的共鳴與共感者，即為好詩……。」

　　試以〈泥土〉為例，略加說明，全詩如下：

　　　泥土有埋葬父親的香味
　　　泥土有埋葬母親的香味

　　　飄過竹叢　落葉亮著
　　　向那光的斜線　鳥飛去

　　　潮濕的泥土發出微微的芳香
　　　寒冷的泥土發出淺春的芳香

閃躍於枯葉的光底呼吸裡
鮮新而豐盈的嫩葉 亮著

微風也匿藏著溫暖
雲也打來春的訊息

嫩葉有父親血汗的香味
嫩葉有母親血汗的香味

　　本詩1971年發表，共六段，每段兩行，形式上有對偶相襯的
並比修辭。詩題「泥土」＝土地＝在地，有鄉園、人倫與親情緊
密結合之意，是我們生長活動歸屬的場域。首段，父母親往生，
泥土含笑將之掩埋接納；生前，父母親的辛勞，藉由嫩葉傳送；
末段，嫩葉，即幼嫩生命，在父母親血汗的香味中成長茁壯。首
尾既呼應搭配兼傳承，先提泥土的埋葬作用，再敘「嫩葉」的新
生命，代代循環不已。中間四段，透過官能中嗅覺（香）、聽覺
（音）、視覺（光）、觸覺（濕、冷）的敏銳感應，截取自然界
的變化，尋得鄉園與人間親情的傳承生機，串聯首段泥土的收容
和末段嫩葉新芽的冒出，吻合自然界生生不息的變遷。詩中，父
母親如擴大為祖先祖靈解，更益明確人與泥土，人與大自然之間
的和諧互動。通常，流汗發臭，屍身亦然，本詩出現多次香味、
芳香，這是作者刻意發揮的昇華作用，使全詩散溢美與真的氛
圍。這首充滿生機的詩句，前兩段四行鏤石為銘，立在南台灣鍾
理和紀念館的文學步道園區內。

## 五、魂歸家鄉

世界文豪雨果（Victor Hugo, 1802-1885），年輕時立志「文學之路」時，說：「不成夏多布里昂，誓不為人！」夏多布里昂是誰？全名François-René de Chateaubriand（1768-1848）的夏多布里昂，是浪漫主義啟萌人之一，晚年著有《墓外回憶錄》（*Mémoires d'outre tombe*），約130萬字，書裡有底下兩段話：「我生活於兩個世紀之交，彷彿在兩條河流的匯合處；我栽進翻騰渾濁的水中，遺憾地遠離我出生的舊岸，懷著希望向一個未知的岸游去。」「舊世界已結束，新世界正開始，我看到了曙光的反照，卻看不到太陽的升起了。我所能做的只是坐在我的墓穴旁，然後，手舉著十字架，勇敢地走下去，走向永恆。」

巫永福出生於1913年，走過20世紀，跨入21世紀；經歷日本和中國國民黨兩種殖民統治；見識中國國民黨戒嚴的白色恐怖和李扁的民主多元；臨終之際，再次感受虛擬國家的庶民無奈，應有一份難遣的悲淒，類似夏多布里昂的感觸。

銀杏，是高大長壽的落葉喬木，地球上最悠久的樹種之一。在高緯度北方，韓國首爾的街樹是銀杏；日本東京，也將銀杏稱為「東京之樹」。南投溪頭的台灣大學實驗林區內，遍植一百多株銀杏。南投，何其幸，擁有一片難得的銀杏林。南投，亦何其幸，有巫老這麼一位傑出且高壽的文學家。2008年10月12日告別式後，巫老隨即火化，靈骨安奉於埔里巫家墓園。

銀杏，長年累月，吸納陽光、雨水與自由，靜靜散放柔和的光芒，供仰瞻者贊嘆。魂歸故里的巫老，同樣將其一生的文華，

透過溫馨的詩書，留下啟發智慧的文采。

　　銀杏永福，永福銀杏，都在台灣這塊土地上，繼續供後人領賞銀光和智慧。

2008年10月20日

刊登《台灣文學館通訊》21期，2008年11月

收進許俊雅主編《巫永福精選集詩卷》，富春版，2010年12月

## 【附錄】巨樹──送巫永福先生

那棵樹
毅力十足
在厚實的土地上
挺立
不被移植　拒絕砍斲
風雨烈陽
都前來與之談笑言歡
即使蟲害
自身的耐勁足堪逼退毒害
自己療治　自我成長

那棵樹
挺立著　茁壯著
成就今日硬朗高大的傲骨
猶然
在靜默中
散發福爾摩沙的光暈

2008年10月12日
刊登《笠》268期，2008年12月15日

**【附錄】送文壇老前輩巫永福詩伯**

黎明前
中天ê月光
猶原照在伊住過ê城市
共同呼吸將近一世紀ê國家

阮大家攏在懷念伊

伊努力過
奮鬥過
為著咱大家所關心ê文學
伊罕著休睏

這擺
伊要告辭
休睏較長的時間

伊要長眠在伊所愛ê土地上

2008年9月25日
刊登《笠》詩刊268期，2008年12月15日

## 【附錄】輓聯

　　轉型正義未完成，威權餘力強復辟，詩人遺憾深深深。

　　文學大業堆疊砌，無悔當年志凌雲，魂歸家鄉樂樂樂。

刊登《笠》詩刊268期，2008年12月15日

# 人際／人慾的勾纏與角力
## ——析論巫永福短篇小說〈慾〉

## 前言

　　巫永福日文小說師承橫光利一等人新感覺派的技法，有別於劉吶鷗在上海推動中國新感覺派情色海派文學的路徑，巫永福走的較著重都會商場與心理分析。小說〈慾〉即是這一面向，主軸放在工商社會的商業交易談判行為，表現個體追求物質慾望的不擇手段。在物慾的追索中，產生人際的磨合與鬥智，設計圈套，引人入殼。彼此既合作又利用，還掩飾友人的錯誤。整體事件結束後，表面看似平靜無波，內裡已形勢改變，各取所需。周文平如願獲得角間店面，擴充業務，吳得成順利進入公司當董事，王隆生贏得自由身離開是非地。

　　本文重點在於分析小說，呈現人慾的勾纏與人際的角力，及談判協商的技巧，進一步精讀這篇小說。

## 一、文藝青年的學校文學教育

　　巫永福（1913-2008），是小說家，是詩人，兩者卻有明顯的階段區隔。他的文學啟蒙與成長於日治時期1930年代，是小說家。戰後停筆，至1970年代，他積極介入詩的寫作及參加詩社文界活動，一反小說家角色，轉轍扮演詩人，並將1930年代的日文

詩譯成中文出土。到1980年代初期,「台灣文學」逐漸受注意,巫永福的文學面貌才比較清晰地印鑑在台灣文學的脈絡上。簡單歸類,日治時期,巫永福雖以小說家自居,作品卻晚了半世紀才被肯定。戰後復出時,有心創作小說,卻遭遇無法突破的瓶頸,轉為寫詩。在1986年2月,74歲,才出版第一本書《永州詩集‧愛》(台北:笠詩刊社),同年12月出版《永州文集‧風雨中的長青樹》(台中:中央書局);日文小說中譯,先有三篇收進1979年7月《豚‧光復前台灣文學全集‧3》(台北:遠景版),接著六篇收進1991年2月《翁鬧‧巫永福‧王昶雄合集》(台北:前衛版);個人小說集,竟然遲至1996年5月的《巫永福全集‧小說卷》(台北:傳神版)。

　　巫永福除了文學創作,也是文學運動家,生前擔任巫永福文化基金會董事長,從1980年頒獎,2008年9月10日巫老離世,基金會由其獨女巫宜蕙女士接手,繼續營運。

　　葉石濤在〈新文學作家的民族認同和階級意識〉說:「日本殖民統治下的台灣社會,是一個封建的階級社會。台灣總人口約80%為農民,其中60%的農民是沒有自己土地的佃農。在這廣大而貧窮的農民是由一小群富裕的地主階級和士紳階級的壓制。除這兩大階級之外,由於缺乏工業化,甚少有工廠工人等勞工。可以稱得上小資產階級的也為數不多。」[1]。對巫永福家族言,算是資產與士紳階級,因為巫家在埔里與台中經營地產及企業甚有成果。到巫永福這一代,巫父期待子女學醫踏入醫門,大都如

---

[1]　葉石濤著《青春》,頁1-2,台北,桂冠,2001年2月初版一刷。

願，僅巫永福為異數，由醫轉文。他接受基礎教育，1927年考進台中一中（等同國民中學階段），認識學長施述天，因借得日文版「世界文學全集」，閱讀法國與舊俄作家的小說，如《包華利夫人》、《女人的一生》、《安娜‧卡列尼娜》、《戰爭與和平》、《罪與罰》、《卡拉馬助夫兄弟們》、《白癡》等大作，深受感動，興奮之餘，立志於文學之路。1929年赴日，進入名古屋五中（熱田中學），畢業後，仰慕明治大學文藝科的教師陣容，於1932年考進明治大學文藝科，接受世界文學的學院制度洗禮與薰陶。名師中包括文豪山本有山，小說家里見敦、橫光利一，戲劇家岸田國士、豐島與志雄，評論家小林秀雄、谷川徹三，詩人室生犀星、萩原朔太郎，露西亞（俄國）文學研究者米川正夫，法國文學研究者辰野隆，德國文學研究者茅野簫簫等人。同時，巫永福與東京的台籍留學生蘇維熊、曾石火、張文環、王白淵、吳坤煌、楊基振、王繼呂、施學習等人，積極商議籌組「台灣藝術研究會」，1933年3月成立，7月印行文學雜誌《フォルモサ》（即《福爾摩沙》）創刊號，12月出刊第二號，隔年6月出刊第三號。《フォルモサ》共出三期。巫永福在此刊物發表小說、詩、劇本。巫永福最早的兩篇小說〈首與體〉和〈黑龍〉即刊登創刊號與第三號。〈首與體〉一作，很明顯的受其師橫光利一〈頭與腹〉的影響。

　　1933、4年《フォルモサ》時期是文學青年巫永福的第一面旗幟，展露巫永福文藝正科班的一張成績單。1935年春，巫永福自明治大學文藝科畢業，論文〈論杜斯妥也夫斯基〉。返台，處理家族事業，同時，考進台中《台灣新聞社》擔任社會部記者，

加入張深切、張星建主持的「台灣文藝聯盟」，在其機關雜誌
《台灣文藝》發表作品；稍後，又加盟張文環的《台灣文學》，
仍繼續文學寫作。

　　巫永福日治時期書寫了七篇日文小說：1933年〈首與體〉、
1934年〈黑龍〉、1935年〈河邊的太太們〉、〈山茶花〉、〈阿
煌與父親〉、1936年〈眠い春杏〉、1941年〈慾〉。這是巫永福
立志成為小說家的第一階段成績。

## 二、〈慾〉的外緣知識

　　〈慾〉的發表是巫永福七篇日文小說之末，距離前一篇1936
年〈眠い春杏〉，相隔了五年，這期間，以文學自命以小說家自
許的巫永福，離開書桌，做了哪些事？他的筆仍在，他是報社社
會記者，「每日巡迴採訪台中州警務部、大屯郡役所、台中州警
察署、台中地方法院及檢察局、台中憲兵隊、民間團體。」[2]忙於
採訪新聞，即使1940年6月辭去報社社會記者，仍未放棄或疏遠文
學，他「埋頭寫長篇小說《家族》，以巫氏家族發展史為主。」[3]

　　〈慾〉，1941年9月登載於雜誌。文章裡提及發生於1941年6月
22日的「德俄開戰」[4]，小說動筆的時間點應該在1941年6月底。

　　日治時期，巫永福家族在埔里與台中經營地產與企業甚有
成績，這篇小說涉及房產買賣，多少是巫永福現實生活經驗的
反射。

---

[2]　許俊雅主編《巫永福精選集・評論卷》，頁310。
[3]　許俊雅主編《巫永福精選集・評論卷》，頁310。
[4]　許俊雅主編《巫永福精選集・小說卷》，頁164。本文論及巫永福小說〈慾〉，引
　　錄文句，均出自此書頁碼。

父親在台中有一個好友中正路全安堂盧安，專門投資市街地起家，在台中市的房地產與賴敦並肩數一數二的資產家，因看將來高雄市會大發展改在高雄從事房地產，派其四子盧利吉住高雄管理。父親（中略）本來要買台中市中山路至民族路間面對自由路的春田旅館一帶約壹仟坪，父親也與日本人春田館主人簽約並交定金，正要交地時，（中略），大事反對，（中略），致使台中市役所出面要求悔約，（中略），並介紹平等街與民族路角日本人所有三百坪土地平息父親的不滿才圓滿解決。[5]

這塊市區三百坪土地，「是父親從大兄考進名古屋醫科大學時就買起來準備建設病院的。」長輩為孩子設想周到，以後成為「永昌內兒科醫院」[6]。土地交易過程，多少成了小說〈慾〉的情節，還讓小說有圓滿的結束。如此說來，巫永福現實生活經驗是小說〈慾〉的雛型。

巫永福的這篇日文小說〈慾〉，必須等到1970年代末80年代初鄭清文的譯文刊登後，才逐漸有中文讀者。

於此，先整理出這篇小說日文版與中譯本的文獻簡錄。

---

[5] 巫永福著《我的風霜歲月──巫永福回憶錄》，頁71-72。
[6] 巫永福著《我的風霜歲月──巫永福回憶錄》，頁79。

（一）巫永福的日文書寫

 1.刊登《台灣文學》第一卷第二期，1941年9月1日。

 2.收進《巫永福全集‧11‧日文小說卷》頁213-274，傳神版，1996年5月，初版一刷。

（二）鄭清文中譯

 約17000字。

 1.刊登《民眾日報‧副刊》，1979年連載。

 2.收進《日據時期台灣小說選》，頁89-117，心影版，1979年6月。

 3.收進《豚‧光復前台灣文學全集‧3》，頁267-295，遠景版，1979年7月。

 4.收進《翁鬧‧巫永福‧王昶雄合集》，頁269-297，前衛版，1991年2月，初版一刷。

 5.收進施淑編《日據時期台灣小說選》，頁261-286，前衛版，1992年12月，初版一刷。

 6.收進《巫永福全集‧10‧小說卷II》，頁142-185，傳神版，1996年5月，初版一刷。

 7.收進《巫永福小說集》頁269-312，榮神版，2005年5月，初版一刷。

 8.收進許俊雅主編《巫永福精選集‧小說卷》，頁160-185，富春版，2010年12月，初版一刷。

## 三、〈慾〉文本的内在亮度

### （一）前人評介摘錄

鄭清文中譯〈慾〉發表之後，出現一些迴響，包括：張恒豪、施淑、許俊雅等，他們三位的論點引錄如下：

張恒豪在〈赤裸的原慾——巫永福集序〉說：「〈慾〉挖掘了人性貪慾的本性，預示了戰後在工商掛帥下更為繁複糾纏的男女關係以及企業人物在利潤掠奪爭逐中野心勃勃的心態。」[7]

施淑說：「……但它們在藝術上的成就卻值得注意。在藝術方面，巫永福就讀明治大學期間，因深受芥川龍之介及日本當時新感覺派大師橫光利一的影響，所以在表現上，他的小說大都朝向人的闇暗心靈的揭露，以及糾葛複雜的人際關係的探討。在三○年代後期的小說界中，他對於臺灣新興市民、知識青年的精神層面和感覺領域的開發，具有突出的，新銳的性質。」[8]

許俊雅說：「巫永福〈慾〉描述周文平為了得到角間的店舖費盡心機的過程。小說自始至終未曾脫離主角周文平的動作與思緒。由於周文平心懷叵測，用主角觀點有助於內心剖白，使讀者較易了解其動機，如此第三人稱主角觀點如表演舞臺劇，則由揭幕到落幕，主角必須一直在臺上活動，亦即主角永不離開他表演的舞臺，而所見到每一件事，皆與他有關；如果拍成電影，則每一鏡頭主角都要露臉，若逢回憶逆溯之情節，主角縱不露面亦

---

[7] 張恒豪編《翁鬧巫永福王昶雄合集》，頁172。
[8] 施淑編《日據時代臺灣小說選》，頁287。

必有旁白。」[9]

## （二）〈慾〉的梗概與主旨

布店老闆周文平，認為「要做現代化的生意，就必須擁有現代化的明淨大方而有廣告價值的店鋪」（頁163），想擴充營業，購買（或承租）吳得成目前出租給曾立本經營的角間文具店。透過掮客及雙方多次交涉，無法如願。另一方面，吳得成想進入林貴和王隆生的公司當董事，不得其門而入。周文平與王隆生為中學同窗，彼此事業有成，時相往來。周文平周旋在林貴、吳得成和王隆生之間，既和好又暗中較量，要伎倆，最後圓滿收場。原本會有刑事問題的王隆生也因適時妥善處理，全身而退。

本篇小說意欲傳達：中產階級新興市民在商場活動與暗潮洶湧的人慾中，挑撥離間、鬥智、掩飾、虧空等複雜的人際糾葛，彼此如何連橫合縱，暗中設計，又互相合作，從而獲取各自利益及大夥的共同目標。

## （三）小說結構與情節進展

小說〈慾〉，作者未分章節，看似一氣呵成。全文以主角周文平為中心，進行多次對白、寒暄，雙方既交談又交涉，彼此講價還價，甚至心機較量，充滿著角力。若以對白、寒暄的角力場域為界，約略可分五個情節（五處場域）發展，依序為：

---

[9] 許俊雅著《日據時期臺灣小說研究》，頁587。

第一場域：周文平和林貴閒聊、放出公司內部不良運作的
　　　　　訊息。

第二場域：周文平回憶跟吳得成暗競的三階段過程。先由掮
　　　　　客探得虛實，不得其果；接著與曾立本聊天，得
　　　　　知曾想遠離本地另謀發展；隨後親自與吳得成面
　　　　　對面交涉，進行利益掛鉤的合作，此次的商議，
　　　　　促成第一場域與第三場域周文平分別和林貴、王
　　　　　隆生的互動。同時，將問題轉移至王隆生。此部
　　　　　分情節是小說中唯一的倒敘。

第三場域：周文平拜訪同窗好友王隆生，表面問候，實際想
　　　　　探詢有無隱情。

第四場域：王隆生主動電話約請周文平，告知虧空，商議彌
　　　　　補事宜。

第五場域：周文平進行乾坤挪移，將事情處理乾淨，自己也
　　　　　得到夢想的好處。

　　結尾出現美好轉折，周文平、王隆生、吳得成三人均如願以
償，圓滿結束。

　　全文敘述，除第二場域屬倒敘外，其餘均以順敘，依時間進
展的敘述。整體事件從「三天前」（頁163），周文平與吳得成
談判交涉產生結論，按照吳得成的指示，周文平分別拜訪林貴、
王隆生，順利完成任務，大約五天的時間。

（四）人物介紹與分析

　　小說中出現或點到的約有十個人：

　　周文平：布店老闆。小說〈慾〉的中心人物（主導者），意
　　　　　　欲擴充店面，有現代化經營的商人（企業家）。
　　林　貴：百貨店老闆、公司董事（在公司與王隆生不和，雙
　　　　　　方對立）。
　　吳得成：地方富紳、青年實業家。
　　曾立本：（向吳得成承租店面經營）文具店老闆。
　　王隆生：公司常務董事、高階職員。
　　明珠：王隆生妻子。
　　李麗子：酒家女、王隆生情婦。（未現身）
　　賴祕書：公司職員。（未現身）
　　小店員：林貴百貨店的店員。
　　女佣人：王隆生家的女佣人。

　　前四位周文平、林貴、吳得成和王隆生是主要人物，均為男
性。他們共同特點是中產階級的新興市民，不屬於勞動者，他們
有資產（財產、地產、房產、股票），城鎮都會的住民、生活
者，有商業經營者的腦袋。新興市民是移動性的，不似依賴土地
（農地）的農民；周文平、林貴和吳得成都在當地置產、工作，
王隆生雖屬在地，因虛空想閃身遠走到東京、北平或東北；向林
貴租店面的曾立本在短期也會到大陸（中國北平）。小說第三節
（本文作者區分），穿插了王隆生妻子明珠與周文平的對話，算
是點綴，浮現時代女性服飾的審美觀點，倒也沖淡全文男性商場
／戰場的陽剛氣。
　　閱讀小說，大體可以理出這四個人的性格。

周文平，個性開朗，經常笑臉待人。在第一場合，和林貴閒聊前後（頁160-162，約2頁篇幅，未及1400字），即描敘了五次笑容：「臉上堆滿了笑」、「不禁放聲笑起來」、「綻出了笑容」（2次）、「笑嘻嘻地再穿過令人眼花撩亂的店面」。精明能幹，有前瞻眼光的實業家，夢想擁有「現代式明淨的店面，及能擴張、發展、繁榮的布店」（頁166）。注重現實而不浪漫的人，他自己認為「我的夢是在地上的」（頁177）；其好友同學王隆生直接說「你在現實的世界，現實地活著。你謹慎、靈巧、會鑽營，而求實利。」（頁176）。吳得成認為「周文平這傢伙很不簡單」（頁167），是指周文平的城府深沉，或老謀深算。

　　吳得成，年輕有為，心機不輸年長的周文平，「我想這件事應該掩飾一下，也就是說要用一點心機。我們要利用別人……」（頁168）。在周文平眼中，吳得成「這傢伙比我還厲害」（頁164）、「這傢伙，真是又精明，又狡猾」（頁170）。

　　吳得成與周文平兩人算是旗鼓相當。

　　王隆生，典型的白領階級，士紳之流，敢做（不）敢當。與周文平為中學同窗，彼此事業有成，一個在權位（公司高階），一個在財務（房地產），兩人時相往來。但周文平會感嘆「有些事，竟連最好的朋友都不知道」（頁173）。王隆生有權位，衍生的養小老婆與虧空，應有一段時間，塑造了小說情節裡最嚴重的問題。

　　四人當中，林貴份量較弱，雖是公司董事，主業應是經營洋雜貨的百貨店老闆、商人、生意人。周文平對他說：「我們是好朋友」（頁161），是客套，也帶雙方站同一陣線，希望出點小

力，暗助周文平實現夢想。兩人會並肩成為同夥，是吳得成向周文平提出的「重大的交換條件」（頁165）。

　　周文平老謀深算，懂得權謀，他是故事情節全程的參與者。他先與吳得成鬥智，再衍生另外分別與林貴、王隆生的角力。角力，原指人類不借用任何工具，僅以自身的力量打擊對手或征服自然界的一項活動，也列入體育競賽的一個項目。由體力競爭延伸為智力競爭，算是鬥智行為。

　　四人當中，真正短兵交接展現角力與鬥智的能量，是周文平和吳得成兩人。兩位的互動，是這篇小說的精華。一向覬覦（文中出現2次）吳得成的角間店面，透過捐客遊說不成，周文平「決心由自己直接去訪問吳得成，做最後的談判」（頁164）。

　　「談判是雙方當事者為互相達成交易目的而進行的」[10]，原本賣方吳得成擺出可賣可不賣，提高價錢，居優勢；處於弱勢單純買方的周文平，因為得知文具店老闆曾立本的動態，增添了他的籌碼，做出見面談判的決定。兩人見面，先是尷尬、拘謹，「交換幾句不著邊際的寒暄」（頁164）。明知對方企圖，卻裝著泰然，不碰觸主題。姿態高傲的吳得成因為有事相託，放下身段：「你如果肯幫忙，我當然也願意幫你的忙。」（頁165）；周文平順勢：「是真的，只要你肯跟我商量，有時，我也很好商量的。」（頁166），雙方有了下台階，經過一小時的討價還價，周文平以低於心中底價成交，唯附帶條件是暗中逼退王隆生常務董事的職位，轉讓給吳得成，這些動作只能暗中借助第三者

---

[10] 佐久間賢著，褚先忠譯《談判策略與優勢》，頁17。

林貴之力。因買賣房產而衍生的問題，仍由周文平出面清理，吳得成就等捷報傳來。

這場談判，因為吳得成附加周文平能力所及的條件，進行順利。「當彼此的利害相當時，則此談判才能稱為『成功的談判』。」[11]。成功的談判自然雙贏。

周文平與吳得成兩位更像棋逢敵手的角色。周文平年歲略長些，兩人交鋒多次，深知彼此。在周文平眼中，吳得成「這傢伙比我還厲害」（頁164）、「這傢伙，真是又精明，又狡猾」（頁170）。吳得成認為「周文平這傢伙很不簡單」（頁167）[12]。小說中，周文平看似靈魂人物，「陰謀策劃」（頁171），「自己所張結的深謀遠慮的網」（頁184），事際上，像小丑般跑腿，一對一地周旋眾人之間。吳得成卻樂當坐享其成的「幕後主角」。換言之，一位是沙場（商場）戰將，一位是謀臣軍師，稱得上一時伯仲。

## （五）部分專有名詞

* **虧空**（頁162）：一個人收入低於支出，因職務之便，有機會暗中挪用他人或公司（公家）之款，作為彌補缺額，導致虧欠。一旦被查知，遭「貪污罪」起訴，將涉及民事賠償與刑事問題。小說全文共出現32次「虧空」，是最多次數的語詞。

* **德俄開戰**（頁164）：1941年6月22日，德國納粹集結前所

---

[11] 佐久間賢著，褚先忠譯《談判策略與優勢》，頁17。
[12] 這句話，仍屬周文平的獨白，他藉吳得成之口，道說自己。

未有的巨大兵力，包括其僕從國在內的190個師，3712輛
坦克，7184門火炮，60萬輛運輸車和4950架飛機，共計
550萬人，發動對蘇聯的突然襲擊。

＊**新東亞**（頁164）：1930、40年代，日本提倡的「大東亞
共榮圈」。1938年11月3日，日本帝國首相近衛文麿提出
建立「大東亞新秩序」的構思。1940年8月，首度定位為
「大東亞共榮圈」。東亞各地／各國奉日本為首。

＊**旗袍讚美者**（頁173）：喜歡穿旗袍的女性、懂得欣賞穿
旗袍的女性，讚美穿旗袍的男女。這是日本習慣用語，使
用範圍包括思潮、流行，如感傷主義（頁177）、耽美主
義者等。

＊**憂鬱**，原日文即用漢字「憂鬱」，出現6次。應是當時習
慣用語。憂鬱，壓力積存導致鬱結堆累，心情無法輕鬆，
產生的苦悶。在小說裡，王隆生因色與財，萌生憂鬱。

＊**唐璜**（頁175）：英文Don Juan，西班牙十五世紀的貴
族，以英俊瀟灑風流著稱，周旋於眾多貴族婦女之間，成
為家喻戶曉的傳奇人物。文學作品裡多被用作「情聖」
的代名詞，包括莫里哀的戲劇、拜倫的長詩、莫札特歌
劇，都以「唐璜」為名。法國情色作家詩人阿波里奈爾
（1880-1918）也有小說《少年唐璜情史》。

（六）小說〈慾〉的解題

整理辭書資料，對「慾」的解釋，包括：欲望、夢想、野
心，以及錢財、權力與情愛的貪戀，貪得的心念，貪求無厭、

人慾／欲橫流……等。「欲」「慾」二字同而微異。簡單講，「欲」「慾」都指：貪求的心念；「慾」，較偏重情慾情色。在這篇小說中，「欲」「慾」二字通用，其相關語辭，夢（夢想、美夢）出現8次，野心和慾望各3次，熱望與渴望各1次。

依小說文本的內容，「慾」有兩種現象：貪求無厭的欲望和男女情戀的慾念，前者，包括周文平擴充店面、林貴打擊王隆生、吳得成想進入公司等「事業野心」的欲望；後者單指王隆生一男二女間的情慾。

第一現象是小說〈慾〉的主軸。幾個角色就在都會場景展開「逐鹿」的本領，欲求自己獲得更多。法國格言作家拉厚西復構（La Rochefoucauld,1613-1680）說：「我們的德行經常只是隱蔽的惡。」所言「隱蔽的惡」，可以小惡（小利），可以大惡（大利）。惡與利是立場問題，是角度看法。對自己有利，必然多少會損及他人。這都涉及人性的貪婪面。小說中有一段文字：

> 這種心態，就叫壞心腸，或叫蛇蠍之心吧。就像一條滑溜溜的蛇，敏速地轉身，逃向自我本位的安全地帶。有時，它也為自己的慾望而咬噬，並且不惜輸入毒液。甚至於已預見到將輸入毒液。這種能攻、隨時應變的心，又是什麼心態呢？這是做夢也夢想不到的。（頁175）

將貪婪、慾望等，說成壞心腸、蛇蠍之心，甚至毒蛇，甚為貼切。

第二現象是小說〈慾〉的插曲。因為插曲，沒有很詳細與深刻的情慾／情戀描述，僅藉王隆生輕描淡寫的說詞呈現：

「不要那麼大聲。」王隆生皺著眉頭，舒適地靠在椅背上。「我在家裡，就好像被什麼綁住，自覺得悲小而討厭，當然也不是不愛家。我也很愛家呀。我所以有這種心理，可能是因為明珠寵我。」

「像個大孩子那樣。」

「呵呵呵，像什麼都不必管。在那女人那裡，我就寵人家，我也不知道怎麼說……反正受寵的心情，和寵人的心情是不同的，真奇怪。」（頁176）

在這裡，出現男性觀點男女間「被寵或寵人」的欲求現象。

（七）小說〈慾〉結局的社會現象解讀

小說起筆第一行：「布店老闆周文平大模大樣地猛搖著扇子，臉上堆滿著笑」（頁160），到結局末行「周文平很滿足地燦然一笑，以回報王隆生的溫和的笑容」（頁185）。整體事件一切都顯得非常圓滿，看似湖面波瀾紋紋，但在大約五天的時間，似乎發生了許多事，這許多事卻因為周文平善舞的長袖，變得暗潮不見，只見風平浪靜的宜人景象。

王隆生對同學周文平說的「你謹慎、靈巧、狡猾、會鑽營，而求實利」（頁176），這幾個語詞，其實都可以加諸這幾個人身上。

周文平、王隆生、吳得成、林貴四人當中，周文平要的是房地產，吳得成要權位（公司董事），林貴保持權位（打擊王隆生），三人均站穩自己的本份，向外擴張，「實現富於野心的夢」（頁163）。問題最嚴重的當是王隆生。沒有妥善安排，將遭滅頂。他們四人為達成各自的目標，彼此鉤心鬥角，不擇手段，「毫無顧忌地施用陰謀」（頁170），也留意自身：「自我保衛的狡猾心理」（頁171）。他們算是利益共構／共犯的群體。違法之事，沒有曝光，都能繼續生活，繼續覬覦和追求美夢。

　　社會的進展，前浪後浪洶湧而至，大風小波層出不窮。「適者生存」的法則較偏愛靈巧者及其共構群體。

## 四、結語

　　從前面的論述及小說內容看，〈慾〉可以有底下幾個面向的文學位置。

### （一）商業文學

　　商業文學不是文學商業化。文學講究藝術，當它印製成書籍，變成商品，自然需要行銷，這是文學作品的商業行為。日治時期的台灣是殖民地，殖民主極力推動台灣現代化，規劃都會的建設，造就頻繁的商業動態。這篇小說〈慾〉內容涉及房產交易、商業談判、股票買賣、虧空等社會現象，都帶有生意人的商業行為，算是一篇商業小說。在日治時期的台灣小說系譜上，出現生意人的角色較少見[13]。

---

[13] 許俊雅著《日據時期臺灣小說研究》乙書第五章「日據時期臺灣小說中的人物形

## （二）都會文學

這篇小說以城鎮或都會空間（暗指台中市）為故事發生的場域，內文出現都會的一些用品，如電話、保險櫃（儲放股票）等。商業談判，房產交易，股票轉讓都在都會空間進行。都會空間會藏污納垢，也接納進步的動力。小說開頭，周文平「痛切地感到，只要花一點錢，改良光線和通風，加上現代化的裝飾，這種角間的店鋪，要比一般的店鋪出色而有利得多。」（頁163）。現代化的腳步，一定先在都會落腳。這篇小說順理可以歸入都會文學行列。1940年代，台灣文學即有書寫都會的文本。

## （三）中產階級新興市民文學

上述第三節曾提到幾位主要人物，均為男性。他們共同特點是中產階級的新興市民，不屬於勞動者，他們有資產（財產、地產、房產、股票），城鎮都會的住民、生活者，有商業經營者的腦袋。新興市民是移動性的，不似依賴土地（農地）的農民。

## （四）心理小說

被評論家小林秀雄（1902-1983）譽為「小說之神」的橫光利一（1898-1947）是日本新感覺派的主力推動者。巫永福受業於這位小說大師。新感覺派有幾個特徵：1.為藝術而藝術（藝術至上、純文藝、唯美派），2.都會（市）主題，3.擅用獨

---

象」，頁601-652，僅討論女性、知識分子、醫師、農民四類。

白，4.意識流跳動思維的寫作，5.著重人物心理活動與感覺的細膩描繪。小說〈慾〉裡，周文成周旋眾人之間，一對一的角力與磨合，他以第三人稱的全知觀點進行揣摩對方心理，也暴露自己。

在第一場域，周文平和林貴閒聊。「周文平往對方瘦而鬆弛的額頭瞟了一眼，揣度對方的心理，好像在表示我不是特地來告訴你這個消息的」（頁160），這段話彷彿兩人的心靈對白。又如：「周文平看到林貴喜形於色，知道他將利用這做為攻擊王隆生的材料，也綻出了笑容。」（頁161），從察言觀色中，周文平達成了任務。在第二場域第三階段，周文平與吳得成的對白，針鋒相對，出現拉鋸的心理戰。「吳得成好像已看透了周文平的心」（頁169），這是周文平用「全知觀點」設想吳得成的心理。第四場域，王隆生託周文平賣股票彌補虧空，「設計要對方出賣股票，對方反而來拜託他賣，周文平雖然覺得有點啼笑皆非，但一想到這樣可以不費一點力氣，能提早解決問題，也可以堂堂和吳得成進行交易，心中暗喜」（頁182）。這些心理揣摩或剖析人性的筆觸，都是現代派（包括新感覺派）小說書寫的技巧之一。

在接受與學習過程，整合生活經驗的書寫，巫永福的小說，無疑地，在當前有重新認識重新閱讀的必要價值。

## 參考文獻

張恒豪編：《翁鬧巫永福王昶雄合集》，台北市，前衛出版社，
　　1991年2月1日，初版一刷。

施淑編：《日據時代臺灣小說選》，台北市，前衛出版社，1992
　　年12月，初版一刷。

許俊雅著：《日據時期臺灣小說研究》，台北市，文史哲出版
　　社，1995年2月，初版。

葉石濤著：《青春》，台北市，桂冠圖書公司，2001年2月，初
　　版一刷。

巫永福：《我的風霜歲月——巫永福回憶錄》，台北市，望春風
　　文化事業，2003年9月，初版一刷。

許俊雅主編：《巫永福精選集·小說卷》，新北市，富春文化事
　　業公司，2010年12月，初版一刷。

許俊雅主編：《巫永福精選集·評論卷》，新北市，富春文化事
　　業公司，2010年12月，初版一刷。

佐久間賢著，褚先忠譯：《談判策略與優勢》，台北市，建宏出
　　版社，1993年3月。

2011年4月27日

# 台灣新詩史的明燈

## ——陳千武先生給予台灣詩界的啟示

### 一、前言

　　台灣文學史的脈絡裡，陳千武先生屬於「跨越語言的一代」。在政權變動身份更換語言轉轍的年代初，跟他同輩的都是受害、屈辱的無告者。在那個時期，原本日文讀寫熟練的文藝青年們，頓時，必須重新認識另一種語言文字。思維的斷裂、文字的移置、交會與銜結，都是嚴肅的生活課題與宿命行為。1945年8月15日，日本投降，退出台灣的統轄權，這時，24歲的陳千武，仍留在南洋印尼，幾度輾轉移置，將近一年後，1946年7月20日才返抵豐原家。覓得工作，結婚，學習新政權的語言文字。十餘年後，1958年1月，用筆名「桓夫」發表第一首華文詩〈外景〉，開始他新階段華文詩文學的創作書寫生涯，這時，他已是37歲青壯年。

　　陳千武，本名陳武雄，出生於日治時期的1922年。1935年14歲，考入台中一中（等同國一生階段），即涉獵文學作品，著迷於日本作家吉川英治的歷史小說。三年後（1938年，17歲），文學興趣轉向詩，習作短歌與詩。隔年8月14日，〈夏深夜的一刻〉刊登於《台灣新民報》（主編黃得時），署名「陳千武」，之後，繼續寫詩發表，至1940年11月，集錄將近一年半的詩作27

首，編成自家藏版詩集《徬徨の早苗》。1942年3月，中學畢業投入社會職場兩年的文藝青年，再度集錄36首詩，編成另一本自家藏版《花の詩集》。離開台灣赴南洋作戰前，1943年2月，再油印另一藏版《若櫻》（與賴襄欽合著）。總計，這三本藏版詩集共約七十首。這是陳千武第一階段青春時期的日文詩寫作。

　　從1943年至1958年，文學少年陳千武跳隔青年，進入壯年，也進入台灣詩界活動。1963年3月，出版第一本詩集《密林詩抄》，共40首詩；11月，主編《詩展望》。隔年，1964年3月，集合一群台灣詩人創立「笠」詩社，6月15日，發行《笠》詩誌雙月刊。從此，彷彿小溪流入大河，既兢兢業業，也鴻展抱負，開啟陳千武的詩文學一生的輝煌志業，在80歲時，他說：「詩陪伴我走了一大半人生。在專制殖民統治體制下，或軍國自大狂的怒潮裡，或在白色恐怖控制下，詩一直給我快樂，使我心平氣和，能認清事象的本質和真理，划過了深淺不同的命運湖海。」

　　年少時的日文基礎與磨練，在第二階段華文詩文學的寫作環境，不是拋棄的跨越，而是強勁助力的超越。創作同時，陳千武譯介日本詩，與日本詩社詩人交流，也將台灣詩譯成日文，這些交流促成幾本日譯台灣詩集在日本的出版，以及1980、90年代的「亞洲詩人會議」的作業與《亞洲現代詩集》的編譯出版。

　　《密林詩抄》後，陳千武出版的詩集包括《不眠的眼》（1965年）、《野鹿》（1969年）、《剖伊詩稿》（1974年）、《媽祖的纏足》（1974年）、《安全島》（1986年）、《愛的書籤》（1988年）等，陸續整理翻譯早年日文詩，也印行多冊選

集；2003年8月由陳明台主編，台中市文化局出版的《陳千武詩全集》12冊，前9冊是詩創作的總結集。

陳千武詩文學的寫作與活動，迄今，累積不少經驗、成果，及獲獎的肯定，包括：吳濁流文學獎（1977年）、笠詩獎翻譯獎（1969年）、第一屆榮後台灣詩人獎（1991年）、國家文藝獎翻譯成就獎（1992年）、南投縣文學貢獻獎（2000年）、資深台灣文學成就獎（2000年）、第六屆國家文藝獎文學類（2002年）、真理大學台灣文學家牛津獎（2002年）等。榮獲台灣文化學院榮譽博士。其「文學展」先後在台中、南投、台南多處展覽，呈現豐碩厚盛的面貌。

## 二、給予台灣詩界的啓示

高齡九十的陳千武先生，1930年代末開始日文寫作至新世紀初，長達一甲子歲月都在島嶼台灣書寫，也書寫島嶼台灣。他在自編《陳千武精選詩集》（2001年），創作主題分成四輯：太陽‧原鄉輯、媽祖‧信仰輯、人性‧省察輯、愛情‧浪漫輯。莫渝編《陳千武集》（2008年），分六個子題解說其詩作內涵：無邪抒情、鄉土情懷、現實批判、戰爭與死亡、情慾描寫、關愛的情操。底下，試著提出可以跟台灣連結的幾點特色。

（一）勞工文學的聲音：〈苦力〉、〈工場詩〉組詩

陳千武一生大體生活安定平順，中學畢業進入社會，先在工場、接著徵召為日本軍職，派往南洋戰地，戰後任職林場及台中市政府公職，直到1987年6月退休。每個階段有不同的體驗與領

悟，隨著生活歷練、交遊、視野及能力，陳千武的詩文學活動增
廣添多加深。

　　回看青年初期的陳千武，先在臺灣製麻會社豐原工場任職
一年（1941年3月至1942年5月），隨後轉製米工廠。這是陳
千武一生中少有的勞工生活。當時，他寫了幾首詩：〈苦力〉
和〈工場詩〉組詩四首：〈纖維粗造機〉、〈延線〉、〈精
紡〉、〈紡織女〉。〈苦力〉描敘年輕監工的心思：詩人看著
操作的苦力，聯想到古羅馬囚犯，繼而意識到自己的角色──
「倒背著手／拿著笞刑的囚犯監守」，一股不安與慚愧頓時
湧現，這是作者的良知使然，他只好「壓抑著寂寞感／慢步走
──」，一位19歲殖民地文學青年，藉著「初生犢」的敏銳觀
察力，寫出這樣一首有關勞工的詩，表達了他的文學良知，跟
往後對社會政治不公義的控訴，都有直接的關連。〈工場詩〉
組詩，應是製麻工廠的寫照，這五首詩寫於1941年，收進第二
本家藏版《花の詩集》；二戰後任職林場，陳千武也寫了幾首
勞工詩：〈伐木歌〉、〈伐木工〉（2首）、〈煤礦工〉等，這
些成績都是台灣早期的「勞工文學」，可以銜接1932年楊華的
〈女工悲曲〉，該詩呈現紡織廠女工的切身心聲。陳千武的勞
動詩比較偏於旁觀者角色的描繪。

（二）批判精神

　　陳千武曾說：「我寫詩，絕不是因為寫詩，能以其美妙的表
現技巧逃避現實，才想進入詩世界的超現實，得到自慰。相反
的，卻是要藉詩前衛性的思考，探索事象的本質，發揮現代詩要

素之一『批判』精神，面對社會複雜的現實性，深入挖掘人性的奧祕，才踏上這條崎嶇的文學之路。」（《詩文學散論》）這段話，說明陳千武強調詩的批判精神與現實性。在此之前，接受訪談時，他提出「反抗」、「抵抗」的觀念，他說；「……一方面心智較開，也逐漸感受到社會上的種種壓力，……我開始寫詩就是在這樣的一個環境下，對社會感到惡的一種反抗。」又說：「抵抗的精神對現代詩是非常重要的素質。它來自理智、思考、知識。」（《笠》97期，頁45）不論反抗、抵抗與批判，都是陳千武對現實環境的省思的反應：批判。

在陳千武的詩裡，就批判言，可分批判中國與批判威權。前者取〈咀嚼〉，後者以〈媽祖生〉為例，簡述之。〈咀嚼〉一詩，1964年作品。作者從動物本能的生理動作，再轉向心理的消化和文化的吸收，最後歸結出文化的惰性：「坐吃了五千年歷史和遺產的精華。／坐吃了世界所有的動物，猶覺饕然的他。／在近代史上／竟吃起自己的散漫來了。」這個「他」，彷彿不是文明「人」，而是某類怪獸：喜歡吃「怪東西」的怪獸。最末四行，足以供我們時刻警惕：空談光榮的過去，沒有創造的現在，是很悲哀的。作者早年浸染台灣和日本扶桑文化，戰後，重新學習另一異文化，歷經十餘年的觀察，對中國文化墮落習性的一柄利刃。

〈媽祖生〉一詩，1968年作品。詩人從庶民的立場，把蒼蠅當作眾生的一份子，將之擬人化，並賦予「角色對換」。一向高高在上的媽祖，儘管顯貴，仍受到揶揄、嘲諷。因而，在詩裡，媽祖卻成了批判的對象、反抗的目標。

寫這兩首詩，作者正值壯年，四十餘歲，抵抗或批評的勁力十足。

韓籍詩人金光林肯定「陳千武的詩，是對現代的抵抗和批判而寫成的。」應是知音好友深感而發之言。

## （三）台灣主體意識的建構

1960年代初，台灣詩人的集結與《笠》詩刊創立的主旨，是基於「恢復台灣本身原有的新文學精神的願望。」（陳千武：〈談《笠》的創刊〉）。類似的話，其〈詩觀〉：「認清現實的醜惡變成的一種力量，感受並自覺對其反逆的精神，意圖拯救善良的意志與美。」（《美麗島詩集》，頁226）。接受鄭烱明訪問，也說：「台灣現代詩的特質必須紮根在這塊土地才行，否則寫出來的詩是無根的，徒具美麗的形式，沒有內容。」（《笠》97期頁46）。

陳千武是「笠」集團的主幹之一，他的詩自然是其行動的實踐。在《陳千武精選詩集》第一輯太陽・原鄉輯26首和第二輯媽祖・信仰輯27首，足以佐證。陳千武早期1939年日文詩的〈大肚溪〉，是地誌書寫的經驗，隔一甲子被收進《閱讀文學地景・新詩卷》（2008年）。

再看1988年10月的〈海峽〉。詩題「海峽」，雖無明示，仍可知其所指的是與我們息息相關的「台灣海峽」。千百年來，台灣海峽的水域，或者波濤洶湧，或者悠悠流逝，不改其深沉潛祕，卻見證人事浮沉，興亡盛衰，有「黑水溝」之稱。本詩首段先提海峽所有權的歸屬：「海峽屬於／黑潮海流不屬於／人類的地盤」。曾被稱為「黑水溝」的台灣海峽，歷經「幾百年來從遙

遠的／彼岸駕船渡來此岸」的渡台悲歌之後，已經「窺測不到彼岸的陌習」，剩下的「只有鄉愁　愛與恨交錯的惦念」。不論歷史鄉愁、文化鄉愁，或親人間的惦念，無法改變彼岸對台灣的威脅，包括1950年以來「解放台灣」、「血洗台灣」的口號與行動；加上，1996年以來，數百枚飛彈瞄準台灣的威嚇，形成海峽「波蕩不安」（本詩寫於1988年，尚未出現飛彈威脅！）詩人取習慣語「疑心生暗鬼」，再連用「NO」、「諾」（諾＝NO），嘲諷兩岸間存在「互不信任」的僵局。

　　詩文學的寫作，可以玄想，可以寰宇，可以建構淨土福地烏托邦，仍需有相信土地的在地意識。二戰結束後的台灣湧入太多「大中國」文化文學的優劣質素，相對的，台灣既有的思維近乎刻意遭受抹煞與漠視，陳千武等「笠」集團的努力，維持著一定的「護守台灣」功效。

（四）民俗宗教詩的書寫

　　日治時期或之前的台灣社會，有「士紳」之流，通常指地方鄉里有文化教養和社會聲望的人，也指享有一定政治和經濟權位（特權）的知識群體。以日治時期鹽分地帶的郭水潭為例，他擔任台南州北門郡守課雇、通譯，曾自言：「我是村中有力者」（私は村の有力者である.），算是「士紳」之流。這樣身份，這類士紳，對地方上宗教活動廟會事務，通常不拒絕，順理為文作詩。因而，吳新榮的〈故里與春祭〉組詩第三首〈春祭〉是描述廟會歡慶歷程，郭水潭的〈斑鳩與廟祝〉以廟方人物入詩。戰後，吳瀛濤也有〈過火〉民俗詩的描敘。相反的，戰後出生、成

長的知識份子，一方面離鄉，另一方面陌生，對地方廟宇的介入
不多，甚少注意，乃至排斥。

陳千武稍晚於吳瀛濤，取材媽祖與神的詩約三十首左右，
相當可觀。詩人寫這些詩，抱持著兩種態度，其一，跟一般人
同樣的景仰，如〈奇蹟〉詩：「正如射進來的一道曙光……／
畢竟在那兒／我發現了媽祖的存在──」。媽祖象徵著光之所
在，有媽祖的地方，就有光。其二，誠如他的說詞「抵抗、反
抗、披判」。他在詩集《媽祖的纏足‧後記》表明：「很多老
年人霸佔著他們權勢的位置不讓；好像那些位置是他們終生的
寶座，患成社會發展的致命傷。這種偶像性的權勢──媽祖婆
纏足的彆扭情況，也就成為我寫詩的動機。」有這樣的思維，
自是深度的覺醒，也異於吳新榮、吳瀛濤。如前述1968年〈媽
祖生〉，將祂移駕挪位，離開神桌，繳械權力，拉低威嚴，予
以冷嘲，具強烈諷刺與尖銳批判現實，是對威權的一記猛喝。
又如1969年的〈媽祖祭典〉，長108行，涵蓋面更廣，上自縣
太爺，下至市井百姓，全都冀望「被薰香燻黑了臉的媽祖」保
佑他們各種平安，「財富平安欲望平安妻妾一堂平安」，詩人
認定這項祭典儀式是「傳遞神話／讓孩子們察覺恐怖的遊魂世
界」，祭神是極端的迷信與守舊，日積月累，「毒蕈的廟宇仍
然那麼艷麗」，仍然是大眾的神，已經登上神座，就永遠是神
了。1970年的〈恕我冒昧〉一詩，直言「媽祖喲／坐了那麼久
祢的腳／在歷史的檀木座上／早已麻木了吧」，進而建議應該
把位置「讓給年輕的姑娘吧」。如果進一步隱喻，就可能涉及
如「新陳代謝」、「世代交替」等社會與政治的議題了。

陳千武這些民俗宗教詩，在他的整體寫作量言，也許不算重比例，但具特色，且在台灣詩史上尚無寫作者如此關注。鄭烱明在〈桓夫詩中的媽祖世界的探討〉乙文，直譽「這些媽祖詩作代表桓夫獨特的詩的風貌之一面，也給臺灣現代詩對現實的凝視與反省，提供一個值得參考的方法。」頗有見地。

陳千武豐原家附近的慈濟宮（媽祖廟），應該是他寫作「媽祖系列」詩的基點。

## 三、結語

李魁賢在〈論桓夫的詩〉說：「桓夫在本質上是秉持現實主義的精神，但在表現手法上是傾向表現主義，而帶有超現實主義的技巧，他對事物關聯性的連接，常常是在底流進行，而在表面上有些隱晦。」趙天儀在〈寂寞的鼓手——論桓夫的詩〉說：「桓夫自始是一位冷靜地觀照社會，省察自己，帶有文明批評取向的現代詩人。」陳千武在〈我們被迫地反覆思考——《詩與台灣現實》序〉說：「寫詩的行為，不外就是『詩人與環境的事象之間，有了心靈的活動互相交流而產生關係』的表現，……。而詩人生存的環境，有山水風景的自然現象或都市科技的人為造形，尤其是跟實存生活有關的政治、經濟、社會、教育無一不是寫詩的對象。詩人就是面對著那些包羅萬象，必需動用觸角，把它攝入精神的作業裡蒸餾為詩的釀造工程師。」

不論他人說的「秉持現實主義的精神」，「冷靜地觀照社會，省察自己」，或是自言「詩人與環境的事象之間而產生關係」。陳千武堅信寫詩是「現實主義」下的勞動。這項作業可以

延續台灣新文學賴和、楊華和鹽分地帶派等現實主義的脈絡。前述第三小節「台灣主體意識的建構」，引錄陳千武他提及《笠》詩刊創立的主旨：「恢復台灣本身原有的新文學精神的願望。」同樣指此。

2007年6月《笠》詩刊259期推出「笠詩人讀詩冊」專輯，列舉詩人讀他人與自己各五首詩。當時，陳千武「偏愛自選詩篇目」有：〈油畫〉（1940年9月5日作）、〈苦力〉（1941年9月16日作）、〈信鴿〉（1965年10月作）、〈風箏〉（1983年3月21日作）。

〈安全島〉（1985年10月作）（頁165）。五首詩中，有兩首寫於1940年代初19、20歲之際，此意義象徵著：1.年輕時對新奇陌生事物的敏銳觀察力，是詩觸媒的發端。2.青春思維的可信度，別懷疑年輕朋友的詩興與詩的寫作能力。3.以此為鑑，詩人朋友們在同樣年齡，是否留下足堪媲美或超越之作？

陳千武年輕時的一首詩，晚年（2008年9月26日）將其中一段製成手跡：

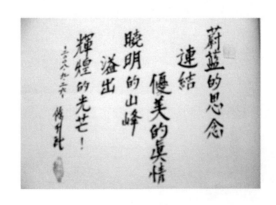

蔚藍的思念

連結的

優美真情

曉明的山峰

溢出

輝煌的光芒！

——〈新地——給玉蘭妹〉，1946年（日文），<br>中譯刊登《笠》詩刊210期，1999年4月15日

　　這一組字呈現日出的亮彩畫面，既寫景也寫意。蔚藍天空下，真情引發清晨的山巒散放光芒；詩句更像一則「詩觀」：情真意切，搭配時宜地宜，耀眼的美麗時刻，山峰般的詩人自然溢射「輝煌的光芒」。

　　讀這些詩句，深深感受跨世紀年高德劭的詩人陳千武就是「曉明的山峰」，長年用心堅持的詩業，映鑑了台灣詩史輝煌的光芒。

2011年4月13日<br>刊登《台灣現代詩》27期，2011年9月25日

## 【附錄】一盞明燈──謹呈詩人陳千武（陳武雄）長輩

這一盞明燈
照亮過暗淡的鄉間小路

這一盞明燈
輝映過陰霾的無星夜空

在都市裡
同樣一盞明燈
被過多的紅綠燈遮掩
被閃爍不停的霓虹燈吞噬

眾多人故意視若無睹
這盞明燈
依然長時發出強光
照亮台灣的鄉間小路
台灣的夜空和台灣的時代

2008年4月28日

刊登《笠》詩刊266期，2008年8月15日

## 【附錄】感懷

人走了，才閃現懊惱與遺憾。懊惱與遺憾於未曾多加問候及請益。

與陳千武先生首次晤面，約在1965年歲暮（？）的黃昏，隨趙天儀老師至桓夫（當時發表詩的筆名，譯詩則用陳千武）的豐原住宅。留存著兩個印象，書架上成套的日本詩文學大系，及陳夫人似乎是日本人；當晚，還到一家旅社拜會由台南入住的林宗源先生。隔天，「笠」似有聚會活動。

在1966年間，多次接獲桓夫親自刻鋼板油印的《詩展望》，這是《笠》詩刊的別刊，我個人的青澀習作也曾露臉，還包括他組稿的半版《台灣日報・詩展望專輯》。對年少的我，都有激勵之效。甚至，蒙他簽贈其第一本中文詩集《密林詩抄》（1966年2月）。

常常這麼想，尊敬作家的幾個方式；1.購買其著作書刊閱讀；2.讀後撰寫心得、書介、書評；3.隨時問候、請安；4.參與編輯作業。每個晚輩可以量力而為。

2000年間，任職桂冠圖書公司，負責文學部門作業，延續公司先前的「桂冠世界文學名著」。當時，有意將「陳千武詩集」編入此叢書內，與公司負責人幾經磋商，改為口袋型的「九九文庫」，陳先生欣然提供書稿，即《陳千武精選詩集》乙書。在書末〈校後〉，我記載一段回憶的文字：

> 讀桓夫／陳千武的詩作，是我接觸詩文學的初始。猶記得學
> 生時期，台中師專（今改名：台中師範學院）蘭心詩社《蘭

心詩刊》第三期（1966年4月10日），「新詩選刊」專輯裡，我提供了桓夫的〈雨中行〉及幾位詩人作品，做為學習和認知同題「雨」詩的例子。從青澀的文藝青年，三十餘年，桓夫／陳千武的詩作與評論，都一直是我探索詩藝的標鵠。

1966年，桓夫44歲；我18歲。父執輩般的長者，一路提攜指導。

2012年4月30日，陳千武先生走完豐富的文學生涯，留下珍貴詩業。

今日，感懷送行長輩。改天，我們也要坦然落幕。

2012年6月2日
刊登《笠》詩刊289期，2012年6月15日

## 【附錄】故人入我夢？

4月28日星期六凌晨三點左右，亂夢中醒來，自語：去探訪陳千武先生。下午遇見好友，談起此事，問我多久沒見到先生。該有一年了吧。去年4月，還在一場小型討論會以〈台灣新詩史的明燈——陳千武先生給予台灣詩界的啟示〉為題，進行報告；當時，他似乎在場。隨後，5月初的「現代詩選」課，講解了他的幾首詩。今年同樣的課就在5月1日星期二。

好友以為我夢見他，勸我去台中。其實，我想找伴同去，獨自行動，有點唐突。內心仍有個問號，為什麼閃現這個念頭？似乎不是夢中情境的推衍。

倒是，近日，或者到頂樓，只要晴朗天氣，望向西北的淡水河畔觀音山，清晰的稜線輪廓，就會想到陳先生的詩句：「曉明的山峰溢出輝煌的光芒」。或者，沿大漢溪的機車道南行，見到右手邊明朗的山巒，也會不自覺地朗吟同樣詩句。

5月1日黃昏，上完課，打開手機，有幾通未接訊息。跟玉芳聯繫上，她說明台通知他父親於昨日走了。瞬間，一顆心低沉低沉。

坐在北上返家的客運車右側，窗外夕陽通紅，餘暉暈染群雲，不同層次的紅霞，使得黃昏仍然白亮，不似前段日子的陰霾暗昏，白日漸漸長了。餘暉？不就是陳先生的詩嗎？「太陽……離開白晝的時候／依依不捨地／放射愛的餘暉」。

「曉明的山峰」、「愛的餘暉」。詩句竟是這麼貼近，與其靈魂並存地在周邊的氛圍。故人真的入我夢？

2012年5月2日
刊登《中國時報·教育人專題7》，2012年5月6日

## 【附錄】暮春，一枚葉子飄墜——敬輓前輩詩人陳千武先生

1.

暮春，一枚葉子飄墜
以迴旋的輕柔姿態，在我眼前
悄悄落地，安詳平靜，無捨

風止。沒有聲響，沒有一絲嘆息
仰首高處
枝椏的飽滿翠綠依然

2.

強烈的陽光直射
貫穿葉子背部正反兩面脈絡
清晰透明

無遮攔的葉片
自行吸納光，又傾吐光
一處淨境，置身怡然

3.

春天，樹葉飄落腳跟
每級台階積滿枯黃、萎瘦、澀乾
間容少許綠片
還有果粒、果粒的汁液及碎粉

需要累積多久才夠發酵？釀成詩！
何以你的心情如此淡然


4.
許多葉子勾起許多往事
這片葉子，最無可取代的一枚
拓印著神采奕奕的青春繪


涉水少年獨坐堤岸
靜靜觀望大溪的淼淼湍流
觀望不同嘴臉的渡客
記錄權力者的齷齪與偽笑


不妥協的種籽在內心深處萌芽
茁壯
蛻變為銳利的文字箭矢
瞄準台灣天空


雨蜘蛛的後座力反彈
鼓手使勁拼命擊槌的抵抗
咀嚼動作的逆越思維
蒼蠅的嘲謔回響
示警海峽風雲波蕩的威脅陰影

5.

指甲修剪又長長
死過的再出發

脫離叢林戰地
活著回來的兵長不吹軍號
轉披詩人袍衣
揮揚《笠》字旗
馳騁新戰場一甲子
終歸涅槃

有光澤的葉子
映鑑詩人的清朗心鏡
光，來自四方。光，源於自體
無塵無斑無礙的鏡像回照
塵凡已非塵凡

死過的都要重新出發
敬愛的詩人，什麼時候您再度活著回來
繼續我們共同的守望

2012年5月12日

刊登《自由時報‧D9‧自由副刊》，2012年6月5日

## 【附錄】送千武仙

叫一聲：千武仙
按呢稱呼
身為晚輩敢有適當？

禁忍傷心
趕到追思會場
觀看恁ti文學場所走縱ê記錄影片
重溫恁ti這片土地ê過往
宛然恁現身眼前
親切講話

稀微ê內心
一直浮現早年留下來ê一個記持
1960年代初踏詩ê門
輕輕讀到恁ê〈雨中行〉
讀到恁批判中國hôan-n　有啃祖公仔無進步ê〈咀嚼〉

m敢講是送恁遠行
恁ê文學成就留ti中台灣
留予整個台灣灌溉亞洲ê土壤
恁ê行影永遠印留文英館

阮ê時常轉來遮
重溫

2012年6月9日,追思會場記
刊登《笠》詩刊290期,2012年8月15日

# 生存困境的掙脫

## ——錦連初論

## 前言

　　戰後1949年，錦連的詩文學閱讀與寫作，才有明確的記錄：開始接觸「銀鈴會」《潮流》，投稿日文詩，首次刊登在《潮流》第二年第一輯；之前，也有日文詩寫作，曾集錄未披露。不久，因政府禁止使用日文，缺乏園地發表，他仍繼續用日文寫詩文，同時，學習中文；之後，發表中文詩。1956年2月，紀弦宣告正式成立「現代派的集團」，錦連為「現代派詩人群第一批名單」八十三位之一；同年八月，在家鄉彰化市出版詩集《鄉愁》，集錄二十九首詩，大都十行以內的小詩。1961年，現代主義《六十年代詩選》出版，錦連為二十六位作者中台籍六名之一。1964年，「笠」詩社創社、創刊，錦連為十二名發起人之一。遲至1986年，錦連才出版第二部詩集《挖掘》。1993年，前兩冊詩集與新作合成《錦連作品集》。2002年，將1952-1957自存的日文詩，以日文版和中文版分冊同時出版，取名《守夜的壁虎》。2003年，將大部份新作及一些舊作集合出版《海的起源》。

　　時寫時歇，日文詩寫而未發表，至晚年才出土問世，似乎潛藏著錦連詩創作歷程的盲點。閱讀其詩作的文本，瀏覽詩活動的顯與隱，本文嘗試抽取其困境的質素，探求其倥傯蹉跎歲月之因，並理出如何自適。

## 一、詩的出發

　　大約二戰結束後數年，錦連的詩文學活動，才有明確的記錄，1949年初，他先接觸「銀鈴會」的鋼版油印刊物《潮流》，一位女同事告訴他可以在3月15日前投稿。於是他「謄寫了十首短歌，十二句俳句和七篇詩……向雜誌投稿或請斯道前輩批評自己的作品，是生平第一次」（錦連，2005：40）。很快地，「有點擔心的我的作品三首詩（〈小小的生命〉、〈在北風之下〉、〈遠遠聽見海嘯聲〉）也被登出來」（錦連，2005：52）。登載在4月1日的《潮流》第二年第一輯，為該系列雜誌最後一次出版，排序第五冊（林亨泰主編，1995：36）。先看〈在北風之下〉的全詩：

　　　　嚮往碧藍的天空我立在屋頂上
　　　　分外明亮的天空裡
　　　　北風吼著吹過來
　　　　是因為冬天的來臨而發怒
　　　　或者為漸近逝去的秋覺得惋惜
　　　　帶著莫大的悲哀
　　　　發出喊聲
　　　　北風吼著吹過來

　　　　汗濕的臉頰
　　　　被尖銳的風凌辱的初夏的山

以及

初秋時散步走過的林陰路

都在沙塵中哆嗦

在南方平原的彼方


雲層叫風給颳到一邊

在灰色的陰影中

為著死的預感而嘟喃不已


風打北方吹過來

盯盯地望著天空

我的心隨著每一擊波濤

逐漸給叫醒過來

突然抱著胳膊

為何我會悲哀

分外明亮的天空啊

你冷然望著四季的悲哀

完全是一雙認命的寂寞眼神

分外明亮的天空啊

你究竟在思索什麼[14]

---

[14] 張彥勳：〈探討「銀鈴會」時代的重要詩人及其創作路線〉，刊登《笠》詩刊111期，1982年10月15日，頁41-42。有括號加註：（此詩以日文刊於銀鈴會「潮流」春季號38.4.1張彥勳譯），38，即1949年。據《錦連作品集》頁4，標注一九四八年，似乎有誤（出入）。

這首詩28行，不規則地分四段。第一段，從外景入手：因為嚮往碧藍的天空，我登上屋頂，站立著觀望，時值暮秋初冬，北風挾帶著悲哀怒吼狂嘯地吹來。第二段，自我介紹，我來自南方平原，夏天時爬過山，初秋走過林蔭路，僕僕風塵中，臉頰微微汗濕。第三段，僅三行，由於北風狂吹，雲層都被遠離中天，邊緣呈顯陰灰，帶著「死的預感」，（天空依舊分外明亮）。第四段，風從北方一直吹過來的，我望著天空，逐漸清醒，悲哀油然而生，頓感「天空」以認命的寂寞眼神望著悲哀的四季，不禁問「天空」：你究竟在思索什麼？這樣的探問，彷彿質詢自己，在風雲際會的此刻，你（我）究竟思索什麼？能做些什麼？

　　詩中，出現三次「分外明亮的天空」及三個「悲哀」，這是詩藝的忌諱。詩，為最精簡的語言藝術，豈容如此重複浪費？讓我們檢視它們出現的狀況，第一次「分外明亮的天空」（在第2行）屬肯定句，作者（我）對天空晴朗景色的直覺反應；第二次（在第24行）和第三次（在第27行）集中於同一段，都屬質疑的呼喚，這時的「天空」，不盡與第一次出現的「天空」同義，有「無語問蒼天」的「天」的隱義，作者連續質疑這個「天」：以宿命眼神漠視「四季的悲哀」，「究竟在思索什麼」。至於三個「悲哀」，第一個是肯定句，加諸「北風」的形容詞，還冠上「莫大的」，可見作者對「北風」有極度的感應。第二個與第三個，集中於末段，第二個（在第23行）屬自我內斂檢認的懷疑：我悲哀，「為何我會悲哀」？第三個（在第25行）同第一個一樣，加諸「四季」的形容詞。

　　21歲的文藝青年錦連，首次發表的這篇作品，標示著幾層意義：1.宣示自己的文學身分；2.藉此與前輩或同好文人親近；3表明自己思路方式與文學趨向。試著循此繼續檢討。

　　在此之前，錦連閱讀文學書刊、寫作，接受同事讚美與批評：「拿給湘雲小姐看，她只是連聲讚美。除了鄭其土指出的對話不自然以外，總之，這是失敗之作」（錦連，2005：25）。碰巧見到《潮流》後，對當時1949年初的文壇環境，錦連提出的看法：「自從日文遭禁以來，一直在想，日本文學的愛好者是否都已窒息，頗感孤獨的我為什麼都沒有機會碰到這種雜誌；然而在自己身邊有一群同樣熱情追求精神糧食的人存在，我竟然完全不知。啊啊！我發現多麼歡喜的事呢！我發現多麼棒的伙伴。一直在孤獨中生活的我，怎麼可能不加入《潮流》。」（錦連，2005：38）。有了心中追索仰慕的文學伙伴與團體，「隨信附寄一萬元會費加入《潮流》的「銀鈴會」（錦連，2005：48）。等到作品刊登出來，自己的「文學身分」確定，也引來《潮流》主要同人朱實的「突然來訪。……因休假回家，順便帶《潮流》的《潮流》第二年‧第一輯》來給我」（錦連，2005：52）。這兩項都是原本可以預期且實現的效益。第3項，表明自己思路方式與文學趨向，則歸這首詩詩藝所呈顯的脈絡。在未發表詩作之前，錦連已自行摸索一些時日，這篇作品居然有如此較長篇幅的鋪陳，起承的銜接，段落的發展，形成完整的結構。作者由景生情，對外景的確實描繪，如「我立在屋頂上」，若由某些劣筆接續，可能出現流於口號式的文句，但錦連沒有掉入陷阱。相對於外界北風的「悲哀」，內在心境有所呼應，兩者搭配合宜。首

度一出手，即有這樣明朗還引人思維的現實主義作品，誠屬難得。同時刊登的另一首詩〈遠遠地聽見海嘯聲〉（錦連，1996：6-7），一樣值得稱許：19行不分段一氣呵成的詩。「我」熄燈準備就寢，漆黑裡，窺見農曆十六夜的姣美明亮月光，映照窗框，移動的蒼白光線撫摸臉頰，用手去揮撥，感覺有某樣東西浮現，原本「平靜的心靈」，忽然騷動不安，似乎可以聽見遠遠的「海嘯聲」，隨即靜下，「我」回想剛剛閱讀的詩集，沉迷於那位詩人（待查）的容顏，且為詩句感動。作者意欲告訴的是他的閱讀，抑讓他的心靈不安的「海嘯聲」？姣美的文學情境與現實的騷動之間，有無糾葛或交集？詩作末行「猶如……」，作者沒有講完，留下刪節號，是未明的伏筆。

只有短時間的興奮，隨著「銀鈴會」的解散[15]，缺乏園地發表，錦連仍繼續閱讀，寫日文詩，同時，學習中文。再出現台灣詩壇上，已是1955年了，他轉轍[16]順利，中文詩投稿《現代詩》季刊[17]。這時的錦連，從現實主義向現代主義靠攏[18]。1956年2月，紀弦主導「現代派的集團」宣告正式成立，錦連列名「現代派詩人群第一批名單」八十三位之一[19]；同年八月，在家鄉彰化

---

[15] 張彥勳：「終於在一九四九年（民國三十八年）春天完全結束了會務運作，從此消失在文壇上」，見張彥勳：〈銀鈴會的發展過程與結束〉，林亨泰主編《台灣詩史「銀鈴會」論文集》頁31；同一書頁64，林亨泰：「在經一九四九年的摧殘後」。是解散、結束、與摧殘，都指向1949年四六事件。

[16] 早期有「跨越語言的一代」稱呼由日文書寫轉為中文書寫的一批日治時期成長的詩人作家。對「跨越」一語，莫渝以火車軌道的轉轍器為例，曾撰〈轉轍或跨越〉乙文（刊登《文學台灣》53期。春季號2005.01.15，提出另一看法，認為「轉轍語言的一代」較合理。

[17] 附件一（本書頁91-92）、錦連早期詩作刊登《現代詩》索引。

[18] 此處「靠攏」，無任何褒貶義，可指寫作方向的轉轍，由初期的現實主義，向現代主義傾斜。

[19] 紀弦主編《現代詩》第十三期，1956年2月1日，「現代派詩人群第一批名單」依姓氏筆畫排列，錦連排第78名。

市出版第一本中文詩集《鄉愁》，集錄二十九首詩，大都十行以內的小詩，現代主義下的產品。1961年，現代主義《六十年代詩選》出版，錦連為二十六位作者中台灣籍六名之一。1964年，「笠」創社創刊，錦連為十二名發起人之一。遲至1986年，錦連才出版第二部詩集《挖掘》。1993年，上述兩冊詩集連同新作品合成《錦連作品集》由彰化縣文化中心出版。2002年，將1952-1957年間家藏自存的日文詩，分日文版和自譯成中文版兩冊同時出版，取名《守夜的壁虎》。2003年，集合大部份新作及一些舊作出版《海的起源》。

錦連的寫作歷程，出現過高峰期。1950年代的錦連參與現代派活動，有意氣煥發的神采。出版詩集《鄉愁》之後，似乎匿跡[20]。時寫時歇，以及早期日文詩寫而未發表，至晚年才出土問世，錦連似乎潛藏著詩創作歷程的盲點。閱讀其詩作的文本，瀏覽其詩活動起伏的顯與隱，本文嘗試抽取其困境的質素，探求其蹉跎歲月之因，並理出文學家面對困境如何自適。

## 二、錦連「悲哀論」的形塑

再回看錦連最初發表的兩首詩：〈在北風之下〉與〈遠遠聽見海嘯聲〉，它們都歸屬現實主義範疇下的作品。兩首詩的背景一白日，一夜晚；白日出現的是「北風」與「分外明亮的天空」，夜晚出現的是「海嘯聲」與「十六夜的月亮」。寫作當時，「北風」和「海嘯聲」是否意有所指的隱喻？不得而知。針

---

[20] 匿跡，指詩作少發表（包括寫作），即使參與「笠」詩社的創社創刊。1986年出版詩集《挖掘》，共56首詩，轉載自詩集《鄉愁》者有26首。新作與歲月不成比例。

對前一首，李魁賢引錄開頭三行詩，說：「把當時二十歲少年對時局的敏銳性表達無遺。此後他一生的軌跡似乎就在晴朗與風暴的時代交會點上，承受著北風的吹襲。」（李魁賢，2002：79），李魁賢指稱的是1948、49年間，在中國戰場上國共鬥爭失利的中國國民黨軍敗退至台灣，可能影響台灣政局的大變動；如此看待「北風」，「海嘯聲」何嘗不也是同類「騷動」的暗示。

是因為感受「時局的敏銳」，導致文藝青年錦連萌生「為何我會悲哀」的自問嗎？除了外界原因，主要因素應該在己。〈在北風之下〉乙詩出現三個「悲哀」，前後兩個悲哀是外界事物：北風和四季，中間第二個純屬在己：「為何我會悲哀」。

我為什麼會悲哀，直接的吶喊，詩人想向誰索取答案？

「悲哀」一詞，似乎是潛藏錦連內心的元素，是他創作歷程中無法排遣驅除的元素。初期現實主義的詩如此，1955、56年活躍於現代主義風行時的作品亦如此。請看：

〈蚊子淚〉

蚊子也會流淚吧……

因為是靠人血而活著的。

而，人的血液裡，
有流著「悲哀」的呢。[21]

---

[21] 最初刊登《現代詩》13期，1956年2月1日，頁22，標題〈蚊子〉；收進詩集《鄉愁》，改題〈蚊子淚〉，排序詩集之首。

　　本詩從假設前題「蚊子也會流淚吧……」進行推論（其實是先有結論，再尋求理由）。而證據「人的血液流著悲哀」，也是假設。兩個假設，由「靠人血而活」來支撐，顯然有點自言其是。但就詩意傳達的訊號，這首詩完成了現代主義排除敘事具備精練的「感染」效果。這首短詩，原本不被注意，或許因為「淚」、「悲哀」等不夠「主知」，在1990年之前甚少受到詩選集編者的青睞[22]。近來，一再被朗吟，被討論，算是錦連的名篇代表作。談論者包括詩歌演唱家趙天福、莫渝、利玉芳、李魁賢、應鳳凰、陳明台、岩上等[23]。

　　人，「生年不滿百，常懷千歲憂」[24]，個體生老病死的煩憂，外界環境加諸的壓力，種種懷憂與困境的糾纏，遺傳性格的張顯，形塑了人生取向。糾纏每個人的悲哀也不盡相同；總歸之於不如意者十之八九，處處感受到彌漫在天地間難遣的「萬古愁」。錦連這首小詩僅四行卻分三段，隱含著一股無以名狀的悲鬱。把「悲哀」當作人的本質，是由兩段式的邏輯推演而成：蚊子吸「悲哀人」的血，因而流悲哀淚。從這樣邏輯推演：「人的本質是悲哀，血液自然有悲哀的成分；吸人血的蚊子，自然也吸取了悲哀」，詩人猜測蚊子的淚一樣含著「悲哀的成分」。生活，也許可以不必獨抱「悲哀」，人類何以只流著「悲哀」的血

---

[22] 僅收進鍾肇政著《本省籍作家作品選集・10・新詩集》，文壇社，1964年。鍾肇政係掛名，實際編輯作業為剛創社出刊《笠》成員中桓夫、林亨泰、錦連、趙天儀、古貝五人負責。該書入選95位台籍詩人，作品300餘篇，厚496頁，為戰後台籍詩人作品第一次大集合。

[23] 附件二（本書頁93-94）、〈蚊子淚〉的解讀摘要

[24] 中國《古詩十九首》中第十五首的〈生年不滿百〉：生年不滿百，常懷千歲憂。晝短苦夜長，何不秉燭遊。為樂當及時，何能待來茲。

液？無以言說，個性使然，個體偏愛導致，也就是作者悲觀心理的移情、投射。

再看稍晚的一首詩：

〈妊娠〉

有著，
重量感的悲哀。

有著，
期待著奇蹟的恐怖。[25]

妊娠，即婦女懷孕。新婚婦懷孕，既喜又羞也有恐懼害怕的心理。這首詩很輕巧地傳達孕婦的驚喜的雙重心理。作者選用的語詞似乎偏重負面，「奇蹟的恐怖」還有平衡的等質：「奇蹟」值得盼望，「恐怖」寧可閃避；「重量感的悲哀」，卻有加強語氣的壓迫，而且置放前端，造成先期的惶惶。以「妊娠」為詩題，似乎為著擺脫俗稱「懷孕」、「孕婦」的用語，讓中性的醫學名詞搭上現代主義的主知、知性、冷靜的思維。懷孕，為什麼會有「悲哀」？究竟擔心什麼？是孕婦擔心？抑詩人替孕婦擔心？

接著，看比〈妊娠〉又晚的另一首：

---

[25] 附件一（本書頁91-92）。

〈腎石論〉

腎石是由鹽份結成的——醫生說。
腎石是由憂鬱與悲哀凝結而成的——我想。

我想在夢裡，
醫生和患者的對話，
手術刀和詩人的筆尖的閃耀……。[26]

　　醫學名詞「腎結石」，簡稱「腎石」。這篇〈腎石論〉，作者取醫生與患者（詩人）成雙線平行的對話，各自解說病理。醫生從生理角度認定，有其客觀具體學理的依據；詩人（患者）純主觀的想像，以心理立場，認為由「憂鬱與悲哀凝結而成」，即俗稱「鬱結」、「塊壘」。按西醫說法：腎結石是尿液中的礦物質結晶沉積在腎臟裡形成顆粒。按中醫說法：鬱結或塊壘是憂鬱與悲哀凝結而成。兩者並置，是沒有交集的平行線。因此，這是一首合成的詩，作者硬將不相干的兩物，企圖藉矛盾的統一，達到詩的驚奇效果。作者還假託是夢境對話，對話也互相摩擦除「閃耀」的火花。詩的目的達到。比較可注意的是，「悲哀」再度出現。在這首詩，「悲哀」附著於心理的立場，是作者內心狀態的呈現。

　　檢視錦連重新出發的這三首詩，人為什麼悲哀？懷孕為何「有著重量感的悲哀」，推想「腎石是由憂鬱與悲哀凝結而成

---

[26] 附件一（本書頁91-92）。

的」，這些跟「為何我會悲哀」一樣，都是針對人生感到焦慮引發的定論。神學家思想家田立克說：「文學與藝術在它們創作的內容與題裁上，都引用焦慮作為它們的主題。」（胡生譯，1989：37），又說：「焦慮乃實有覺查到它本身有虛無可能的一種狀態。……焦慮乃是虛無存在之覺醒」（胡生譯，1989：37）。錦連的「悲哀論」實際上可以說是虛無與焦慮的衍生。上述幾首詩，大體上是作者個體自發意識的流露及形成的困境，類似的作品尚能在下列詩句見到：

> 那是無法醫治的我的病
> 那種疾病纏繞著我的一生
> ……
> 沿著模糊而無助的山脊
> 我的哀愁無限地延伸著
> ……
> 而我的痛楚穿過空洞的心裡城鎮
> 將把哀愁撒散在像彎頭釘般敗北的路上
>
> ——〈我的病〉（錦連，1996：26-7）

〈我的病〉完整暴露錦連「悲哀論」的極點：心靈／精神疾病纏繞一生、哀愁無限延伸、哀愁撒散在敗北的路上。

> 連空氣都欲睡的夜半
> 我亦孤獨地清醒著

　　　　守著人生的寂寥……

　　　　　　　　　　　——〈壁虎〉（錦連，1956：8）


　　壁虎是詩人夜間值班的伙伴，學習的榜樣，共守「人生的寂寥」。


　　　　噼吧噼吧噼吧地
　　　　渺小的生命們爆裂蹦開
　　　　灰塵似的屍體紛紛飛落到我的手背
　　　　然而由於心中湧起的
　　　　殘忍但卻有點悲戚的微笑
　　　　我的面頰不由得僵硬起來


　　　　因為我忽然發現
　　　　人類跟這群飛蛾並沒有兩樣……

　　　　　　　　　　——〈蛾群〉（錦連，1996：122-23）


　　從「蛾赴燈火」的現象，領會「人蛾」等值的存在事實，此項哲理跟〈蚊子淚〉中的「人蚊」血液交流的意義相通。


　　　　今天又在陌生的小鎮下車
　　　　像隻狗
　　　　在彎曲了手臂和軀幹的街道
　　　　……

我緊緊地感觸到

生命被不可抗拒的哀愁的風圈

緩慢而確實地逼向死亡

我又能期望碰到新奇的可親的溫暖的一些什麼？

——〈趕路〉（錦連，1996：119）

詩題「趕路」，可以明指前往較遠的目的地，中途累了，休息歇腳一會兒，再繼續往前走；也可以暗喻人生之路，覓工作定居，再搬家覓工作定居，重演但不見得重複的「趕路」。整首詩的氣氛是灰沉、低迷、感傷、悲觀的，生活在現實底層的人」。作者更認命宿命，他還是像狗一樣跟蹌地「趕路」，時時感受「生命被不可抗拒的哀愁的風圈／緩慢而確實地逼向死亡」。田立克說：「陷身於焦慮狀態中那種『孤立無援』的現象，我們從一般動物與人類身上，都可以觀察得到。在此情況下，通常它所表現的形態是：茫無目標，反應不當，以及缺乏意向性」（胡生譯，1989：38），這段話，也從〈在月台上〉一詩末段得到印證：

一邊掛慮著自己不確定的前程

一邊掛慮著長在鐵橋下那一片芒草乾枯的

將會再我的歸路上出現的那淒涼河床景象

而往往要向宿命論傾斜的我的——

我的腳本究竟被寫成什麼樣的結局？

——〈在月台上〉（錦連，2003：23）

　　以上抽樣列舉個體性格讓錦連深感虛無悲哀的詩例，可以歸為個體意識的困境。至於外界加諸的壓力，如時局變遷，社會動盪，可稱為群體意識下的困境。錦連〈詩觀〉有這麼一段話：「我對寫詩沒有什麼特別的動機。也許少年時代的過剩傷感、自憐、多病、害羞、孤獨和遠離家鄉等等，以及光復前後的迷失和徬徨，使藉讀書逃避現實的我，不知不覺地誤入了寫詩的迷途」（笠詩社主編，1979：224），前半，說明了個體的困境；後半，道出群體的困境：「光復前後的迷失和徬徨」，包括語言轉轍重新學習的困境[27]。底下，抽樣列舉這類群體意識下困境的一些詩例。

　　　〈軌道〉


　　　被毒打而腫起來的，
　　　有兩條鐵鞭的痕迹的背上，
　　　蜈蚣在匍匐匍匐……


　　　臉上都是皺紋的大地癢極了。


　　　蜈蚣在匍匐，
　　　匍匐在充滿了創傷的地球的背上，

---

[27] 錦連在回憶文章〈我所認識的羅浪〉說：「戰後他頓時陷入『語言轉換』的困境，那種苦楚和無奈，我也是感同身受。」，見《羅浪詩文集》，頁4，苗栗縣立文化局，2002年12月。

匍匐到歷史將要湮沒的一天。

（錦連，1956：18）

　　具備多輪的冗長列車，等同於百足蜈蚣，爬行於隆起腫脹的
鐵鞭上；腫脹的鐵鞭也似滿臉的皺紋，都是蜈蚣匍匐的結果，
「杞人憂天」或心懷人道情操的詩人，自然擔心創傷累累的地球
不堪負荷。起筆，由「被毒打而腫起來的」一行切入，將主題
「鐵軌」扮演受害者的身分，暗示著與作者相同的心思──人生
「苦旦」的角色。「被毒打」更意味著外界強加的無形壓力。

〈鐵橋下〉

彼此在私語著
多次挫折之後他們一直蹲著從未站起來
習慣於灰心和寂寞他們
對於青苔的歷史祇是悄悄地竊語著

忍受著任何藐視誘惑和厄運
在鐵橋下他們
對於轟然怒吼著飛過的文明
以極度的矜持加以卑視

抗拒著強勁的音壓
在一夜之間突然

匯集在一起
手牽手
哄笑然後大踏步地勇往直前

夢想著或許有這麼一天而燃起希望之星火
河床的小石頭們他們
祇是那麼靜靜地吶喊著

（錦連，1996：32-33）

　　在政治嚴峻的時空，受到迫害屈辱後，人民失聲禁聲，只能私語竊語，像鐵橋下「河床的小石頭們」。為何將地點安置在鐵橋下？除了作者熟悉的職業工作點外，鐵橋是二元化的空間場域。列車行走陸面軌道，都會發出隆隆響聲，經過鐵橋，由於橋下空曠，響聲更巨大，暗喻壓迫者的強勢；相對的，橋下河床的小石頭們，不僅無聲，還得承受莫大噪音的侵害洗腦。這是一篇受害者無言的吶喊。然而，究竟能發揮多少效果，無從預估。

〈貨櫃碼頭〉

從夢遊中醒來
忽然發覺我佇立於這奇異的碼頭好久
在這空曠的碼頭
在這平坦的大祭壇上
放置著一排排笨重笨重的貨櫃

從前這碼頭充滿著喧嘩和歡愉
碼頭的身軀因幸福而舒展著筋肉
碼頭的脈絡因希望而膨脹又鼓勵

自從這來路不明的貨櫃堆積於這碼頭
它們遮斷了遙遠的水平線
使我們看不見燦然的日出和日落

颶風一次又一次地掃過
海浪一波又一坡地洗過這貞潔的碼頭
如今期望的瞳孔浮出魚白的哀怨
碼頭的臉孔淚痕斑斑

淒涼的碼頭颳起了血腥的狂風
無聲的哀號在貨櫃間漂散
無助的願望漂散成無奈的灰塵
飛揚的自尊的殘滓佈滿著文明腐爛的天空

這巨人的棺材
急需待運出海
然而──
誰知道
這巨人的棺材要置放多久

　　　　這僵死的碼頭何時甦醒

　　　　　　　　　　（錦連，1996：40-42，1984年4月作品）

　　「碼頭」這場域，是人員與貨物進出的重要地點，是繁榮或凋敝的表徵。作者在這首詩裡，出現相對立的形容：奇異的碼頭、空曠的碼頭、貞潔的碼頭、淒涼的碼頭、僵死的碼頭等。原本單純的景觀，因外界加入「屠殺」、「特權罷佔」等，引發碼頭變色，呈現不同時空有不同的感受。巨型貨櫃堆放碼頭，「急需待運出海」，卻不離開，強勢佔據／佔領特定空間。這首〈貨櫃碼頭〉跟〈日夜我在內心深處看見一幅畫〉（錦連，1996：20-21）有相似的意涵，前者係怨懟的抗議，後者為悲憫的同情。都是外界群體意識下的哀愁。

　　錦連曾以「我是一隻傷感而吝嗇的蜘蛛」形容自己的創作思維，這傷感、吝嗇、蜘蛛構成了寫作三面向。蜘蛛，是他的靈感論，「耐心等待」獵物般的靈感湧現；吝嗇，為方法論，創作節制，不濫情，懂得節制；傷感，則是他的創作精神（心理）。他說：「傷感——對存在的懷疑，不安和鄉愁，常使我特別喜愛一種帶有哀愁的悲壯美（當然也不妨含有一些冷嘲和幽默的口吻）」[28]。岩上在〈錦連詩中的生命脈象訊息與意義〉說：「在錦連前期的詩作裡，充塞著哀愁、痛楚、孤獨、寂寥、煩惱、不安、反抗、悲哀的情緒，直接與他當時所處的

---

[28]　《笠》詩刊第5期1965年2月15日，頁6，（林亨泰執筆）「笠下影」專欄，錦連自述的詩觀。

時代背景與工作的環境關係密切，可以說他的作品隱藏著時代的惡露和詩思密碼交感的存在信號，而呈現了個人與社會群體的焦慮」（岩上，2007：281-2）。益吻合錦連的寫作心理壓力。晚年的錦連也坦然承認「我一直踞於庶民現實世界的一個角落，發出滿載著無奈的呼喊和愛恨交集的訊息」（錦連，2002：3）。

悲哀是人的本質，是錦連「悲哀論」的主軸，它的形塑，除肇因上述個體與群體意識外，由於他深讀日本詩文，是否受日本傳統美學「物の哀」的影響，有待進一步求證。儘管他是讓悲哀掌控思維的詩人。

### 三、錦連如何掙脫

在錦連的詩觀裡，提到蜘蛛，他並無以蜘蛛作詩的實例。倒是美國詩人惠特曼（Walt Whitman, 1819-1892）的短詩〈無言的綴網勞蛛〉，可以說是創作的好例子。兩段十行的詩：「一隻無言堅忍的蜘蛛，／我看見牠孤懸在小小的崎岬上，／看見牠如何為了探測廣亙的周匝，／牠自體內吐射出細絲一縷一縷又一縷，／永遠地吐織，永遠不疲倦地加緊吐織。／／而你呵我的靈魂，你站立之處，／被無際的太空所圍繞、隔離，／你不停的冥思、探索、投擲、尋求連結諸多領域，／直到你所需要的橋樑建立，直到那延長性的錨穩住，／直到你投擲的遊絲攀著某地方，啊我的靈魂」（吳潛誠譯，2001：203）。第一段，讚賞蜘蛛的永遠不疲倦地吐織，第二段反求自己，希望能攀勾住定點，以利繼續拓展。

　　錦連也有自己的定點，作為詩／絲的延伸，這篇作品是〈支點〉：

〈支點〉

圍住他的一切都形成肅靜的秩序

一個個的我在移動時
秩序散亂位置就會改變
一個個的我在停止時
一切都會大為緊急地在新體系上佔位

我就如此確信吧

那麼就在那支點上
我究竟要站或不站呢？……

雖說做為染色劑血液在祭典上是不可欠缺的但卻……

　　　　　　　　　　　　　　（1959年作品，錦連，2003：6）

　　秩序的變動與否，關鍵在「我」，我是支點。詩人創作的基點，以自我為中心，外界事物圍住「我」，都隨「我」移動或靜止而改變，我「悲哀」，萬物跟隨「悲哀」。「悲哀論」固然是錦連創作的元素，跟代表作〈蚊子淚〉同時，錦連有一首同題詩：

〈蚊子──苗栗詩抄之一〉

蚊子呀

你一定是吸飽了人類的血而醉得無法飛起來了吧


可能……


蚊子呀

你根本不曉得我的血是因為愛情而在熊熊地燃燒的吧

（1950年代作品，錦連，2002：305）


　　同樣吸血，這隻蚊子似乎是作者豢養的寵物，餵牠血，還跟牠講悄悄話，盼望這隻寵物能感受主人血液裡有熊熊燃燒的「愛情」。跟此詩類似意涵，日治時期鹽分地帶詩人莊培初，筆名青陽哲，有首詩〈壺〉：「在什麼時候變得很冷的這壺裡／有什麼戀情可以投下／來裝些酸棗吧／那是不管用的／這壺裡需要一些戀情」[29]莊培初這首〈壺〉，他不要在「壺」裡裝添看得到摸得著的實用品，他要放入抽象的精神層次的「戀情」。酸棗是食品，可填補食欲，詩人要的是另一層次的解渴止饑──戀情。愛情與麵包孰重？因人而異。詩人借〈壺〉言說對愛戀的期待。回到錦連的這首詩，這隻蚊子不再流著悲哀的淚，因為牠的加害者

---

[29] 《光復前台灣文學全集・10・廣闊的海》，遠景版，1982年，原刊載《台灣文藝》第3卷第2、3號，1936年2月4日，日文書寫，林芳年譯成中文。

（恩主）流的不是悲哀淚，而是熊熊的愛火。情愛能改變人生的
色彩。

　　同時間（1950年代），錦連寫了兩首內容迥異，心境截然不
同的「蚊子」，也寫了兩首孕婦詩，除上引的〈姙娠〉，請看：


　〈懷孕的女人〉


　　女人呀
　　因妳懷了孕
　　懶腰和眸瞳
　　充滿妖媚豔麗的亮光


　　女人呀
　　因妳懷了孕
　　就如野獸般美麗又怪傷感

　　　　　　　　　　　　（錦連，2002：292。1950年代作品）


　　此詩結尾雖有「傷感」之語，畢竟被全詩「妖媚豔麗的亮
光」壓住。在〈姙娠〉詩裡，作者直言：「有著重量感的悲
哀」，此詩，掃除陰霾；在另一首〈重量感〉：「這種重量──
歡愉和有難於形容的感傷／這種豐盈的重量感／當我雙手抱著嬰
兒的時候」（1950年代作品，錦連，2002：255）。

就上述兩組同時期同題卻不同表現技巧的詩作檢討，錦連應該不全然是讓悲哀掌控思維的詩人。或許可以這麼說，有「愛情」的時刻，傷感灰色的人生增添些許粉紅色；錦連就不吟唱悲歌，暫時排除困境，包括有愛情結晶嬰兒時。除了情愛的滋潤，閱讀不失為文學治療一個方式，包括筆下的「反抗」聲音，聊以紓解鬱悶舒緩心情，如：

　　〈蟬〉

　　他們在鳴叫
　　極其感人地
　　拚命地在鳴叫

　　它──
　　甚至是一種反抗

　　　　　　　　　　　　　　　　（錦連，1993：8[30]）

---

[30] 引錄《錦連作品集》，頁8，或《守夜的壁虎》，頁115。同題發表於《現代詩》14期，1956年4月30日，詩內文為：

　　蟬
　　在鳴著
　　拚命地──

　　這尚且是一種反抗！

## 四、結語

　　1940年代，成長與正成長中的台籍詩人群，致力於日文詩創作或發表數量可觀者，當屬林芳年、詹冰、錦連三位[31]。林芳年名列鹽分地帶北門七子之一，詹冰在1960年代將1940年代的部份日文詩翻譯出版《綠血球》，順利贏得他的前衛精神。錦連雖然走在詹冰前面，於1956年與「現代派」結合並出版詩集，但藕斷絲連的文學活動，詩中流露的哀嘆，是否連帶折損其詩壇位置與詩藝價值？

　　詩文學的閱讀與寫作都是在「寂寞」中進行，一首〈寂寞之歌〉的結尾，錦連說：「因為夜已過長／而且天還未亮」（錦連，1996：85），茫茫長夜，詩人守候詩。錦連又說：「在已經無人想用日文寫作，或是完全放棄用日文寫作的時期，仍埋首自我創作，並且不斷想要『重新出發』，這種堅持，卻也是我到了七十五歲的今天，還勉強寫詩的原點」（錦連，2002：2）。我們肯定錦連在寂寞與堅持所進行的文學志業，見識了他從「悲哀論」出發的創作思維。

　　多年前，莫渝在〈笠詩人小評〉中，提及錦連的詩「精淬而內斂的含蓄，散發珠貝般迷人的知性之光」（莫渝，1999：

---

[31] 林芳年（林精鏐，1914-1989），據〈林芳年略年譜〉1935至1943年「在台灣各日刊報紙及文學雜誌發表新體詩三百多首。」見《林芳年選集》，頁426，中華日報社出版部，1983年12月1日。詹冰（1921-2004），「雖然有二十多年的詩歷，但其中有近於十年的空白時代（自民國四十年至五十年），所以新詩作品不到四百篇」，見《綠血球》，頁94，笠詩社，1965年10月。錦連，詩集《守夜的壁虎》是1952至1957年日文詩的翻譯，共271首，至於1952年之前，整理中，參見附件三、莫渝電話請教錦連簡要記錄。另據李魁賢記載：「錦連日文詩手稿在一九五九年八七水災受損後得以辨認重抄的手抄本即有二八四首之多」（李魁賢，2002：80）。

94），這樣的簡評是偏頗的，僅僅側重現代主義的錦連。隨著早期日文詩翻譯成中文版逐漸浮現，錦連的詩貌愈來愈清晰。儘管他的寫作斷續，但現實主義與現代主義兩股寫作趨向，一直並行，有這樣的認知，或許較能觀探錦連詩世界的全貌。如果再建立確切詩作編年體，將會更佳。

## 參考書目

錦連，《鄉愁》，彰化市：新生出版社，1956年8月15日初版。

錦連，《挖掘》，台北市：笠詩刊社，1986年2月初版。

錦連，《錦連作品集》，彰化縣立文化中心，1996年6月初版。

錦連，《守夜的壁虎》，高雄市：春暉，2002年8月初版一刷。

錦連，《海的起源》，高雄市：春暉，2003年4月初版。

錦連，《那一年》，高雄市：春暉，2005年9月初版。

笠詩社主編，《美麗島詩集》，台北市：笠詩社，1979年6月初版。

林亨泰主編，《台灣詩史「銀鈴會」論文集》，磺溪文化學學會，1995年6月10日發行。

莫渝，《笠下的一群——笠詩人作品選讀》，台北縣：河童，
　　1999年6月一版

李魁賢，《李魁賢文集・第玖冊》，文建會，2002年11月初版。
　　頁78-104：〈存在的位置——錦連在詩裡透示的心理發展〉

應鳳凰，《台灣文學花園》，玉山社，2003年1月初版。頁217-
　　221：〈錦連的《蚊子淚》〉

陳明台，《美麗的世界》，五南圖書公司，2006年1月初版。頁
　　110-113：〈導讀《蚊子淚》和《軌道》〉

岩上，《詩的創發》，南投縣立文化局2007年12月初版，頁277-
　　303，〈錦連詩中的生命脈象訊息與意義〉頁304-312：〈錦
　　連和他的詩〉

胡生譯，《生之勇氣》，保羅・田立克（Paul Tillich,1889-
　　1965）著，台北市：久大文化，1989年10月初版

吳潛誠譯，《草葉集》（惠特曼，Walt Whitman），台北市：桂
　　冠圖書公司，2001年10月增訂一版。

## 【附件一】錦連早期詩作刊登《現代詩》索引

| 序號 | 篇名 | 刊物 | 頁碼 |
|---|---|---|---|
| ＊ | 〈古典〉 | 《現代詩》10期，1955年夏 | 頁61 |
| ＊ | 〈農曆新年〉 | 《現代詩》10期，1955年夏 | 頁61 |
| ＊ | 〈女〉 | 《現代詩》10期，1955年夏 | 頁61 |
| ＊ | 〈夜色〉 | 《現代詩》10期，1955年夏 | 頁61 |
| ＊ | 〈三角〉 | 《現代詩》11期，1955年秋 | 頁90 |
| ＊ | 〈姙娠〉 | 《現代詩》11期，1955年秋 | 頁90 |
| ＊ | 〈石牌〉 | 《現代詩》11期，1955年秋 | 頁90 |
| ＊ | 〈大廈〉 | 《現代詩》11期，1955年秋 | 頁90 |
| ＊ | 〈檬果〉 | 《現代詩》11期，1955年秋 | 頁90 |
| ＊ | 〈情緒〉 | 《現代詩》12期，1955年冬 | 頁140 |
| ＊ | 〈蚊子〉（即：蚊子淚） | 《現代詩》13期，1956年2月1日 | 頁32 |
| ＊ | 〈死與紅茶〉 | 《現代詩》13期，1956年2月1日 | 頁32 |
| ＊ | 〈我〉 | 《現代詩》13期，1956年2月1日 | 頁32 |
| ＊ | 〈雨情〉 | 《現代詩》13期，1956年2月1日 | 頁32 |
| ＊ | 〈嬰兒〉 | 《現代詩》14期，1956年4月30日 | 頁47 |
| ＊ | 〈蟬〉 | 《現代詩》14期，1956年4月30日 | 頁47 |
| ＊ | 〈關於夜的〉 | 《現代詩》14期，1956年4月30日 | 頁47 |
| ＊ | 〈修辭〉 | 《現代詩》14期，1956年4月30日 | 頁47 |
| ＊ | 〈腎石論〉 | 《現代詩》14期，1956年4月30日 | 頁47 |
| ＊ | 〈虹〉 | 《現代詩》14期，1956年4月30日 | 頁47 |

（以上〈蟬〉除外，餘19首，收進詩集《鄉愁》，《鄉愁》共29首詩）

| ＊ | 〈女的紀錄片〉 | 《現代詩》16期，1957年1月1日 | 頁11 |
|---|---|---|---|

\*　　〈簷滴〉　　　《現代詩》20期，1957年12月1日　頁29
　　　〈寂寞之歌〉　《現代詩》22期，1958年12月20日
註：詩刊頁碼，係以一年排序，一年四期，每期約三十餘近四
　　十頁。
＊莫渝藏書

2007年12月20日莫渝製

**【附件二】〈蚊子淚〉的解讀摘要**

　　1990年以來，〈蚊子淚〉一詩陸續被提到，試依序簡述之：

1. 詩歌演唱家趙天福在多次藝文聚會場合演詩吟唱。

2. 莫渝：〈悲哀的本質〉，《國語日報・5版》，1999年10月6日，簡析錦連〈蚊子淚〉。

3. 利玉芳：「蚊子也會流淚？這是虛構的。蚊子是靠吸人的血而活著，這是明確的。可是世間也有悲苦的人，他們流著悲傷的血液，萬一吸了悲傷血液的蚊子，如果牠有靈性的話，也會同情人類的。詩的解讀應該如此簡單而已！」──〈溫暖的心：欣賞錦連的詩〉，《台灣新聞報・西子灣副刊》，2001年9月13日

4. 李魁賢：「『人血』和『蚊子淚』本來沒有交集，要從人的悲哀（因）去推論吸人血的蚊子會流淚（果），看似簡單的邏輯。」──〈存在的位置──錦連在詩裡透示的心理發展〉（李魁賢，2002：82）。

5. 應鳳凰：「寫詩的『敘述者』隨在表面上猜測『蚊子也會流淚』，其實文字背後曲折婉轉，似乎也同時感嘆著，為什麼好多吸者別人血的人類，反而不會流淚呢？」──應鳳凰：〈錦連的短詩《蚊子淚》〉，《國語日報・5版》，2002年11月5日，收進《台灣文學花園》，玉山社，2003年1月，初版。

6. 陳明台：〈導讀《蚊子淚》〉──收進《美麗的世界》，五南圖書公司，2006年1月，初版。

7.岩上：「錦連對存在的悲感，有很多直述語言的傳送，
　〈蚊子淚〉則採用轉折的語法表現，使人活著的悲哀如秋
　蟬的喘延聲波，音符更為淒切！」——〈錦連詩中的生命
　脈象訊息與意義〉（岩上，2007：295）。

## 【附件三】莫渝電話請教錦連簡要記錄

時間：2007年12月20日（四）10：00

1.1949年春，開始與「銀鈴會」《潮流》接觸，首次發表。
確認張彥勳文：〈探討「銀鈴會」時代的重要詩人及其創作路線〉，錦連〈壁虎〉詩的發表刊物時間待查證。

2.1949年後，學習中文。之後，發表中文詩。當時有《旁觀雜誌》容許日文寫作稿件，會另請人譯成中文。曾發表詩，同期刊登郭水潭的一篇散文。

3.1949年日記《那一年》1949年10月15日提到：《作品集‧第二輯》，係手抄日文詩。

4.1952年之前的日文詩，已整理，打字中，包括《過渡期》和《群燕》，尚未批露。

【附錄】人生愁苦　詩藝留存
　　　——殤送前輩詩人錦連先生

人生愁苦
內心深埋無以計量的悲哀
一座潛藏巨大能量的休火山
等候適當時機

闃寂無人的夜間
角間壁虎噙著蚊子的淚
日日月月年年
貞守靈感　萌生詩藝
聊慰時間的移轉

肉體歷經折騰煎熬
苦澀無滋
從不忘獨鍾之筆盡情揮毫
日吐千絲

終於
拋下紅塵的恩怨情愁
撒手離去
不帶走任何牽掛

唯
頁頁亮閃的詩篇
輝耀人間

2013.01.06.
刊登《文學台灣》86期夏季號，2013.04.15.

【附錄】詩人的畫廊——懷錦連先生

詩人離去
留賜我們一座精緻畫廊

觀眾離去
獨留畫廊的沉默給空寂

空寂裡
有壁虎守望的烱烱眼神

看著
一幅幅吊掛的畫
從壁間紛紛走下來
圍桌成圓

無始無終的圓桌
有歎息有抖腳
有握拳有閉目

白日嘵嘵呶呶
夜晚終歸無言

2013年2月2日
刊登《笠》詩刊294期，2013年4月15日

# 尋求寂寞心靈的出口

## ——讀黃騰輝的詩

### 一、前言：早慧的台籍詩人

黃騰輝，1931年10月15日出生於日治時期新竹州紅毛田，為農村子弟。戰後，紅毛田，改制為新竹縣竹北鄉，再，升格改制為竹北市。黃騰輝從小學接受日式教育至高小。二戰結束後，台灣由國民政府接收，實施中國教育，黃騰輝改讀新竹工業學校初中部（新政府不承認日本學制的變相降級），至高職二年，轉讀台北工專，半工半讀及全職工作數年，包括在印刷廠擔任業務、經理之職，之後，於1954年考入東吳大學法律系，1958年畢業。1963、1964年間，正值台灣經濟發展，黃騰輝由日本引進三菱電梯技術，籌組中國菱電公司，擔任常務董事、總經理等職，活躍工商界達三十六年，期間，榮任過中華民國升降設備安全協會理事長，間接促進廣告業拓展。1995年退休，飴養晚年。

黃騰輝成長學習之際，身處時代驟變，語言文字轉轍期。1945年8月，二戰結束後至1949年，台灣境內產生劇烈的人口社群結構的變化。因為中國境內國共（國民黨與共產黨）內戰，國民黨軍多方失利敗退，最後勉強決定退守台灣。原本六百萬人口的台灣，短時間內，移入增添了二百萬，加以這是有組織的集體

移民,因而型塑1950年代,是中國流亡群體全面掌控台灣政經文教軍警情治體制的年代。處在這樣體制,表面上看,文學界與詩壇的活動一切平順和諧,少數台灣詩人卻反主為賓地「進入」多數中國籍詩人的活動圈,與之和解共生。

1950年代初,台北詩壇活動面向較具廣博較強勢者,當屬《自立晚報‧新詩》周刊(以下稱《新詩周刊》),接著有紀弦的《現代詩》季刊、《公論報‧藍星》周刊(以下稱《藍星周刊》)等。這些主事者與作者,絕大多數屬中國籍來台詩人。1930、1940年代原本習慣日文思考日文書寫成長中的台籍詩人,如龍瑛宗、詹冰、陳千武等人,還在初階似的學習中文,尚未有熟練能力躋身「台灣詩壇」。相較於這些前輩,黃騰輝有著得天獨厚的機會。

小學三年級時,由日本教師代為投稿,黃騰輝的一首短歌(31音)刊登龍瑛宗主編的《皇民新聞》,這是他初次寫作發表的成績。日本戰敗,日籍老師松本久男遣返日本之前,轉贈了藏書「全套的日本文學全集和世界文學全集」(莊紫蓉,2007:91)。從小學培養的詩文學興趣,就在這時候(1950年代)爆發文藝青年的能量。

《新詩周刊》於1951年11月創刊,黃騰輝在第31期(1952年6月9日)以詩題〈夜雨〉露臉,被史料專家詩人麥穗的回憶認為是在《新詩周刊》上,發表中文詩的首位台籍詩人(麥穗〈早年騰輝印象〉,刊登《笠》詩刊260期,2007年8月15日)。黃騰輝的詩作源源刊登,《新詩周刊》主事的詩人覃子豪當然對之留有深刻印象與鼓勵之詞,他在第51期說:「騰輝,本省人,第三

一期起在本刊發表詩，有〈夜雨〉、〈給地獄的信〉、〈思鄉曲〉、〈橋‧河水〉、〈惶惑〉、〈慈惠集〉等。從他豐富的創作看來，我不能不驚異他的中文程度，如此優異。他的詩受日本詩的影響，在〈慈惠集〉的幾篇詩，就是日本和歌的格調，這幾篇詩的確也寫得很優美，像幾幅古老的畫圖。他的長詩，熱情洋溢，感觸如海潮之泛濫，但並不失去細膩的情味。」（覃子豪：〈介紹幾個新作者〉）。除了以《新詩周刊》為主舞台，兼《青潮》（台大學生社團，亦收外校詩稿），及「藍星詩社」成立後在《公論報》另行開闢版面的《藍星周刊》（1954年6月17日第1期）。在《新詩周刊》有兩期：61期（1953年1月15日）和70期（1953年3月16日），幾乎以半個版面刊登黃騰輝詩作，前者以「尋覓集」為總題，含11首詩；後者以「失落集」為總題，含13首四行詩。另外，也出現幾期篇幅不小的譯詩，如47期（1953年3月16日）的〈和詩八首〉、64期（1953年3月16日）的〈堀口大學詩五首〉等。或許可以這麼說，黃騰輝的投入，增廣了《新詩周刊》的整體內容的廣度，他本人寫作勤奮的表現，自然讓人刮目相看。

進一步看，《新詩周刊》出94期（1953年9月14日）之後停刊，另一群人士籌組「藍星詩社」時，黃騰輝受邀參加為同仁，曾有詩集《畫像》出版的預告。直到《藍星周刊》53期（1955年6月16日），刊登「為藍星一週年紀念而作」的〈前程〉之後，黃騰輝突然停筆了，其詩人身份漸漸隱失。是否商場與「詩」等值的另一股魅力，迷惑了他，才斷然決定？為台灣詩壇留下一個謎。

　　初步估計，這階段三年的寫作，黃騰輝發表在《新詩周刊》，有詩創作61首，由胞妹黃淑姿將日文原作翻譯成中文詩14首，詩論3篇，譯詩30首。發表在《青潮》7首四行詩。發表在《藍星周刊》約40首詩。

　　此外，踏入詩壇前，1940年代後期，官方與掌權者舉辦的幾項重要徵文，如1948年台灣省政府成立一週年論文比賽、1949年「三七五減租」論文比賽、救國團「克難運動」論文比賽、全國三民主義論文比賽，這些競賽活動，黃騰輝都囊括第一名。在「中國文人」當道之際，台籍學生身份黃騰輝文采煥發的表現，足以驚豔四方。

　　《笠》詩刊於1964年創刊，隔年，黃騰輝應邀加入同仁行列，表明了向台灣文學歸隊，並擔任發行人迄今。《笠》詩刊第13期（1966年6月15日），編輯部在「笠下影」專欄，回顧兼品評黃騰輝之前的詩作業，包括用2首詩代詩觀及詩選9首。第53期（1973年2月15日），黃騰輝親自整理了1950年代的作品約三、四十首，取名「拾穗集」，以「舊作新刊：黃騰輝詩抄」露臉，一方面取代未出版的詩集《畫像》，另方面意味重新出發。

　　回看黃騰輝的文學寫作歷程，依活動年代與介入的層面，約略可分為三階段：1950年代前期、1970年代、1990年代以來迄今。這三階段的詩風分別以浪漫情懷、商界與都會的現實性與現代性、智慧晚情為表現的主題，而「寂寞」是詩內涵的重要軸線。

## 二、詩貌

### （一）1950年代前期的浪漫情懷

　　1950年代黃騰輝的文學寫作，依發表成績可粗略分為：新詩、四行詩、譯詩、散文（含短論）四部份；譯詩部份，再細分兩類：一類是將日本及德國詩翻譯成中文，另一類是他在《新詩周刊》出現後，更早少年時期的日文書寫詩作，由胞妹譯成中文（見前述）。前者包括日本的正岡子規、國木田獨步、土井晚翠、石川啄木、白鳥省吾、佐藤春夫、堀口大學等17人26首，德國的歌德和海涅，合計19人（日本17人＋德國2人）共30詩（日本26首＋德國4首），量不算龐大，在那個年代，夠得上一冊譯詩小選集了。後者有14首，以〈散步〉為例：「好像是快樂的，／又好像是悲哀的，／／我哼錯了小調，／我自己都不知道。／／像這樣慢慢地走著，／又好像是輕鬆的。」淺顯的文字，平淡地表露散步時漫不經心的浮動情緒，時而快樂，時而輕鬆，時而難過，時而哼哼小調。跟〈散步〉同時刊登的是〈躊躇〉：「沒事的時候／我悄悄走向車站／／我羨慕的凝視著／匆忙地集合的腳步／又匆忙地潰散的腳步／／……」在車站（火車站），觀看人聚人散的心情，該是少年黃騰輝萌生了「浪漫情懷」的追尋與失落。當他踏入《新詩周刊》之後，更自然地流露這些心情，如：〈徬徨〉（33期）、〈旅程〉（58期）、〈尋覓集〉（61期）、〈夢〉（66期）、〈失落集〉（70期）、〈憂鬱的畫像〉（88期）、〈寂寞〉（92期）等。試看〈寂寞〉的詩句：

「細雨濛濛的靜夜，／孤獨地躑躅在寒冷的街心。／我在追尋一個／失落的影跡。／／（中略）／／終於找到了微弱的光，／光下是淡淡的瘦影。／擦一根火柴，／讓地上的瘦影更濃厚……／／連接地吸幾枝最濃的香烟，／讓意識與煙霧沉溺在細雨。／閉著眼睛，／想著自己的瘦影。／唉！比死亡更寂寞。」

這些同義詞的字眼：寂寞、孤獨、悲哀、躑躅、躊躇……等，一再重覆，必是作者當時心神之焦點；預告而未出版的詩集《畫像》，書名或許即取自組詩〈憂鬱的畫像〉。也因此，四十餘年後，1997年8月，留給詩人麥穗「依舊是50年代意氣風發，詩文中透著一份淡淡憂鬱的騰輝。」（麥穗〈早年騰輝印象〉，刊登《笠》詩刊260期，2007年8月15日），不僅發表在《新詩周刊》的詩作如此，稍晚，刊登在《藍星周刊》，也有相同的主調，如第11期的四行詩〈給我的同情者〉：「為什麼一定要追問我那淒涼的往事，／難道要我再一次從淚海中去尋回失落的記憶？／我將受不了這殘酷的同情，／因為，我必須珍惜從淚海中復活的生命。」

這階段的黃騰輝，是浪漫憂鬱的文藝青年，不時在詩裡流露情愛追求的渴盼與失落，生命的酸澀與疼痛，生活的寂寞與孤獨。也許有強說愁的意味，但，百來首作品中有一首異於這類抒情的感傷，值得我們予以行注目禮。這是刊登《新詩周刊》52期（1952年11月3日）的〈念先烈〉詩。

《新詩周刊》主編覃子豪於1930年代由北平赴日本留學，中日戰爭「蘆溝橋事變」前回到中國，在《詩報》半月刊試刊

號（1937年12月16日）發表〈偉大的響應〉乙詩，詩前引言「讀中華台灣革命大同盟總部，為反對日本帝國主義侵略祖國告台灣同胞書後，寫給台灣革命諸同志。」此詩收進1939年出版的詩集《自由的旗》，為該詩集排序第二首。1952年間，黃騰輝閱讀了1940年再版《自由的旗》詩集內〈偉大的響應〉一詩，因台灣狀況，遂於同年光復節（10月25日）完成〈念先烈〉詩，詩前引錄〈偉大的響應〉末三行詩：「啊！美麗的島嶼，被奴化的台灣／祖國在偉大的勝利中／會粉碎你四十三個鐵環」，作為呼應。這首〈念先烈〉，全詩六節46行（9＋10＋7＋7＋6＋7行），這是一首因「台灣光復」追懷先烈的詩，詩中敘及單一的「你」，即是將美麗的島嶼、寶島，當成親切的平輩呼喚。第三節，追溯童年聆聽長輩傳敘革命運動：「幼年，／當我的理智還很模糊……／我聽不懂你燈下對我敘述的故事。／而如今，我知道那是──／寶島的革命先烈／用血與靈堆砌的詩史。」第四節，回憶「台灣文化協會」的文化運動先烈：「記得，／那次是「文化協會」的講演／日本警察「中止」令下了，／一次，二次，三次，……／／終於「思想犯」的手拷／拷在你的手上；／也拷在島人的心上。」第五節，還包括1895年至1915年間革命抗日的武裝烈士：「死去的軀殼，／靈魂永遠在我們的心／我們絕不會忘記，／你所說的──／先烈用鮮血寫成的／一百多首革命詩！」

在詩壇活動，覃子豪是黃騰輝的長輩，給予不小鼓勵，除了這首〈念先烈〉呼應覃子豪的〈偉大的響應〉，當他閱讀覃子豪在台出版的第一本詩集《海洋詩抄》後，也寫了〈海洋之戀〉兩

首詩：〈潮音〉和〈戀〉，刊登《藍星周刊》第9期，是再一次回應。於此，可以看出兩人的互動與情誼。

## （二）1970年代的現實性與現代性

　　出現於1950年代《新詩周刊》的黃騰輝，是剛從竹北鄉村來到台北的少年、青年，一面求學，一面做事，從社會服務的底層做起。詩的寫作，流露純樸卻徬徨感傷的聲音，不過，時間不長，大約三年後，他離開詩壇，歷經60年代的社會磨練，1970年代的黃騰輝，已站成高階白領，「現實性」與「現代性」不知不覺地融入他的生活圈，當他重拾詩筆，再度關心詩壇，自然甩脫了早期浪漫的「濫情」，而把生活的「現實性」與「現代性」，藉新作傳遞。彷彿新人，黃騰輝亮麗出現。〈公寓〉、〈石油〉、〈景氣〉、〈電腦〉、〈股市〉、〈摩托飛車〉等詩，都是這階段的代表作。〈公寓〉詩，談論都市人的壓力，與無法溝通的疏離。〈石油〉詩，揭示冷血「經濟動物」的貪婪與破壞環境。讀〈電腦〉詩，與作者共同感受對科技的排斥卻無法拒絕的矛盾心理，〈摩托飛車〉為機車族飆客的冷酷寫照。試看〈景氣〉詩：


　　〈景氣〉


　　一片風雲，
　　挾帶著黃金的雨，從天而降。

人口暴漲聲中無立錐的焦急，

以及傳播工具的法螺灌溉下，

一夜之間，荒土成金。


工廠的機器在加速，

人們忙碌。……

都是為了趕上那一陣黃金的雨，

於是，製幣廠的印鈔機也在加速。


乘上風雲的暴發戶，

傲慢地自豪，

——從經濟邏輯的夾縫裡長大。


只有沉醉於銀行存摺自慰的傻瓜，

沮喪地從古老的夢中驚醒。


　　這首〈景氣〉發表於《笠》詩刊75期（1976年8月15日）。
景氣，是現代工商業的使用詞彙，指產業界發展的活躍狀態。
農業社會屬靜態的生活步調，變化緩慢，甚至一成不變；工商
繁榮的社會，不僅「時間就是金錢」，轉眼間，高樓聳立，再
轉眼間，高樓倒塌，或匿失了，的確瞬息萬變。1970年代，
台灣經濟起飛的年代，不少人趕上土地開發、建築業繁榮、資
金豐沛，「黃金雨」、「田僑」、「暴發戶」等，成為「現代
化」的一種現象。首段：「一片風雲，／挾帶著黃金的雨，從

天而降。」正是一片美好的歡騰景象。接著三段，朝三面向分述欣欣向榮。末段二行，帶有對傳統守舊的理財方式，予以調侃。詩中文詞，都是通俗的日常用語，如：「人口暴漲」、「無立錐」、「傳播工具的法螺」、「製幣廠」、「印鈔機」、「銀行存摺」、「自慰」等，在作者既現代又現實的思維組織，鍛鑄銜接得自然而幽默。

　　黃騰輝在1970年代新出發的現實性與現代性，表現工商界與都會生活的狀況，到世紀末，仍可見到延續的軌跡，包括台灣選舉活動引發口水與認同問題，興起的〈盲〉（《文學台灣》30期，1999年夏）一詩。前者以〈檳榔西施〉為例：

　　〈檳榔西施〉

　　　破開的「青仔」，包著青春與女體。
　　　比「倒吊子」更容易醉。
　　　也許是生活的無奈，
　　　只好把姿色附贈在檳榔一起促銷。

　　這首〈檳榔西施〉發表於《自立晚報‧23版‧本土副刊》（1999年3月15日）。檳榔，又名「青仔」是熱帶地區的常綠喬木，是重要藥用植物之一。嚼檳榔是自古就有的習慣。「檳榔西施」，是現代通用的新名詞，近二十年，因為檳榔消費產值高，檳榔攤販競相以妙齡女郎招引消費者，衍生了「檳榔西施」的次文化現象。從某些衛道人士的排斥，到進入藝術界的繪製，學院

論文的論述，文壇也沒有缺席。四行詩，是黃騰輝的擅長，熟練到跟精湛的畫家一樣，彩筆輕輕一揮，物象的神韻不曾漏失。作者對「檳榔」有相當的認知，除俗稱外，被稱為「檳榔王」的「倒吊子」也放進短詩內，增加詩的勁力。表面看「倒吊子」，與一般檳榔無異，只因其生長方向和多數的檳榔相反，量少卻口感「超猛」，類似搖頭丸，會產生意識混亂、心跳加速、心律不整、及幻覺等症狀。頗受內行人喜愛。

這首詩前二行，取實景，暗喻青春與女色，將檳榔與西施緊緊密合，以此當誘餌，挑逗男性消費者。後二行，算是自嘲，為自己的行為圓說。與其他「檳榔西施」文化傳達的方式相比較，單單文字的敘述，不若圖像給予的視覺效用來得醒目、強烈。不過，這首四行小詩，機巧地表達這行業的真實寫照。

### （三）1990年代以來的智慧晚情

從青年，經中壯年到65歲，黃騰輝把最精華的人生歲月，發揮他的經營理念與日文的語言能力，縱橫工商界，詩業稍微減弱，卻累積了人際社交經驗，言談舉止之間，充滿著生活的智慧。1995年，黃騰輝屆齡離開職場，數年的「退休」生活，體會出臨老的無奈心聲：「解剖刀，在生理的生涯中，／割除，未成熟及衰老的部份。／／中間，這一段精華的歲月，／也在糊塗的苦鬥中，／匆匆結束。／／醒來，已經是一個破舊的包袱，／只好，被丟進弱勢的廢墟裡。」發表於《文學台灣》31期（1999年，秋），這首共三段七行的小詩〈退休〉，簡短文句，用跳脫離時間的技法，直接切入當下失去職場，道出侘傺人生的落寞心

情，那是「破舊的包袱」，只能「丟進弱勢的廢墟裡」；當下心境，彷彿離開戰場，無法適應社會的畸零人。跟沒有優渥退休人員苦老生活〈退休〉類似的〈失業〉，又是另一層的不幸與窘境，全詩三段，末段如是「落葉雖薄，／尚可保一點點秋寒，／但，當滿街都是推銷血汗的流浪人。／吞著口水等待的家人啊，／我能帶回去的薪水袋，／裡面恐怕已經換裝了／酷寒的西北風。」發表於《文學台灣》41期（2002，春）。薪水袋裝的是「酷寒的西北風」，文句雖脫胎自俗語「喝西北風」，卻似毫無斧鑿痕跡。

退休生活，原本可有更多時間，與妻子飴養晚年，妻子卻因病離他而去，溫情的「老詩人」哀傷之餘，寫下多首悼念詩，發表於《文學台灣》29期（1999年，春），當中，〈祈禱〉詩首段三行，忠實的寫照：「一生的善良，／佛，一定會痛惜妳的，／跟著他，慈航到西天。」〈遺像〉詩的末行：「哎！懷念愈多，胸口愈痛。」哀嘆聲直刺人心。

喪偶的傷痛，因時間流逝，緩緩減輕；日日必過的退休生活，有較妥善的規劃，逐漸習慣。這時，老友、回憶，都在添加生活的情趣，詩人的文字書寫泉湧般豐富了，更多生命的體悟與哲理出現於文句中。發表於《笠》詩刊249、250期（2005年10月15日、12月15日）的〈以回憶下酒〉和〈品茗〉都是將老朋友交心的記錄。寫作心情類似吳濁流行傳統漢詩〈藍園〉：「得失何須論，榮枯任變遷。相逢皆是友，一醉樂陶然。」或中國明朝楊慎的〈臨江仙〉：「一壺濁酒喜相逢，古今多少事，都付笑談中。」的輕鬆愉悅。至於發表《笠》詩刊

251期（2006年2月15日）的〈冬日歲月〉，最足以展示其常民
的智慧哲光：

〈冬日歲月〉

冬至過後是尾牙
耶誕過後是元旦
賀年信卡乘著雪片紛紛飄來
與口袋掏出來的回憶一起取暖

每封噓寒問暖都是一首詩
把風雪阻隔在窗外
正好幫我燒烤凍僵的歲月

元旦過後是春節
不願數也不得不數的是歲數
四捨五入也將八十
八十不是我挑得起的重量

生命在加速折舊
殘存歲月有多少隨天意

從前冬雪溶了是春
現在冬雪溶了只剩水

　　時序的「冬」是一年之暮，四季之末，氣溫嚴寒冷峻，牲畜躲藏避凍；人生歲月的「冬」，已屬晚年，行同朽木。詩題〈冬日歲月〉，既言自然界的時序，也指人生之暮，同樣蕭條、酷寒，兩者合併，雙倍的淒涼感受。這首詩15行，不規則地分5段，細品之餘，可分成前後平行的兩組；前組第1、2段7行為實景，藉由大自然公允的時間流逝，引入人為設計的節氣節慶，帶來「賀年信卡」的問候與回憶，有了回憶，有了朋輩親友的詩樣的「噓寒問暖」，就有溫馨，足以驅寒取暖。後組為餘三段（第3、4、5段），延續首段的細數節氣，第3段首行「元旦過後是春節」，元旦是陽曆新年，春節是陰（農）曆新年，台灣依傳統仍喜歡過陰（農）曆新年。農曆新年一到，歡樂氣氛處處洋溢，「天增歲月人增壽」是喜事，卻讓另一群人，心悸心寒，「又老了一年」，自然不願數也不願報真正歲數，用「四捨五入」一算，「也將八十」；既真算，也自我調侃一番：「八十不是我挑得起的重量」，八十是歲數，卻不是我挑得起的重量。續二段，先宿舍：「殘存歲月有多少隨天意」，後歎欷：「從前冬雪溶了是春／現在冬雪溶了只剩水」，以前風光之際，可以呼風喚雨，過冬即春回，春回仍是生機處處，「冬天到了，春天還會遠嗎？」如今，什麼都不是，「冬雪溶了只剩水」，現在的水，無法取代「春」了。失去對「春」的冀望，生命就將凋零萎謝了。這首詩，雖有「老年人」的感慨，也顯示悟徹後「放得開」的智慧。

## 三、寂寞軸線貫穿的生命呼聲

早期，1950年代，黃騰輝在詩裡這麼說：「我的靈魂的孤獨的，／我的筆下，是一連串寂寞的話語。」（詩〈我的詩〉），「瘦小的，彷彿一片凋零的落葉，／為什麼老是跟著我？／也許你是跟我一樣的寂寞。」（詩〈影子〉），出現在年少的寂寞，是他當時寫詩的內涵、目的、紓解。這時期，「憂鬱的騰輝」（麥穗語）等同「寂寞的騰輝」。到了中期，1960、1970年代，表現工商界與都會生活的寂寞：「路——／狹長，／　寂寞，／路的盡端——火葬場。」（詩〈弔〉），「那都市人的悲哀——密度的壓力／是要交給空間去擔負的。」（詩〈公寓〉），不用「寂寞」，換成「悲哀」，一樣是內心難遣的「愁」。晚期，儘管流露智慧之光，寂寞仍如影相隨：「沏一壺清香，／與寂寞冬日作伴。」（詩〈品茗〉），「田園依然，／夜，孤單。」（詩〈螢〉），「沉澱在心靈底層的／與其說是一種思念，／不如說是一種憂愁。」（詩〈心事〉）。行動不便，或懶得出門，過著隱者式的生活，興起「品嚐沉默詮釋孤獨／也不必計數人間浮世有多／老」（詩〈隱居〉），算是晚情的內斂省思。

葉落歸根，〈落葉〉一詩最能傳達臨老心境，引錄末尾二段四行的詩句：「浮生虛無的落寞／不必再去追問空轉漂泊的滄桑／／只要方隅一寸／容我獨吟無韻老詩」，再豁達人生，終需獨自面對個體最真實的本質：孤單、寂寞、老邁。寫詩讀詩，始終是黃騰輝尋求寂寞心靈的出口。

　　當古中國偉大詩人李白（701-762）豪情萬丈地喊出：「古來聖賢皆寂寞，唯有飲者留其名。」（詩〈將進酒〉），背後，仍為了「與爾同銷萬古愁」。黃騰輝的文字書寫，是否也同樣希望讀者有所感應他的呼聲？

## 四、結語

　　1970年代末，黃騰輝寫下如是的詩觀：「賣電梯、賣電腦、賣科技……，賣現代，也賣靈魂。偶而，靜下來看一首詩，也忽然使自己想起了，我仍然是一個人。這樣的速度，這樣的密度，明年又是另一個新的世紀被科技寵壞了時代。人文與道德萎縮得那麼可悲，微波烤箱烤得塑膠香腸的生活裡，惟一能撿回一點人性的恐怕就是詩了。」（笠詩社，1979：221）。

　　詩，是詩人本性的流露，讀詩寫詩，都在證明個體有尊嚴地生存於當代時空。黃騰輝斷續在台灣詩壇活動了一甲子，晚年介入更深，寫作更勤。其詩作大都以赤裸方式表達現實生活與環境的感受、批判，摻入生活哲理，發出清醒心靈的聲音，這也是我們這時代現實主義的真誠聲音。

## 參考書目

莊紫蓉（2007），《面對作家——台灣文學家訪談錄（三）》，
台北市：吳三連台灣史料基金會，2007年4月30日第1版第1
刷。頁76-111，專訪黃騰輝，標題：〈把孤獨醉成夢〉。

笠詩社（1979），《美麗島詩集》，台北市：笠詩社，1979年6
月初版。

《笠》詩刊13期，台北市：笠詩刊社，1966年6月15日。

《笠》詩刊53期，台北市：笠詩刊社，1973年2月15日。

《笠》詩刊260期，台北市：笠詩刊社，2007年8月15日。

麥穗：〈早年騰輝印象〉，刊登《笠》詩刊260期。

2007年4月20日至7月31日
收進《黃騰輝集》，台灣文學館，2009年7月
收進《閱讀黃騰輝集》，春暉版，2010年12月

# 黃騰輝三首詩簡評

## 一、〈老人斑〉

年輕時煩惱青春痘，年老時計較老人斑，這現象，顯示出不論哪一種年齡，人類似乎擺脫不了審美的困擾以及天生的某些遺憾或缺點。青春痘與老人斑，既相似（都出現臉面）又對比（年齡層次）。青春痘，「風化」成化石；老人斑，讓「溪風」追憶古蹟。意象經營很精準貼切，不拖泥帶水。表現得很有機智 wit，發揮了短詩的好處：精練簡約。

文意脈絡看，似乎灑脫，不在乎：「就任憑溪風去追憶／這滿臉的古蹟。」其實，因為在乎，才訴之文字。

這首詩的形式看，很單純，簡單的造句與思維方式：「既然…… 何必…… 就任憑……」。可以當成寫詩的技巧之一。如果進一步苛求，這樣的詩，是否僅僅算是一個「長句」？（跟夏宇〈甜蜜的復仇〉：「把你的影子加點鹽／腌起來／風乾／／老的時候／下酒」相較）。

第4行「浮生的破釋」，「破釋」難懂，有勞作者開釋。

## 二、〈酒歌〉

現代形式的「將進酒」（勸酒歌）。同樣借酒澆愁，古代李白以「勸酒」方式，冠冕堂皇地推開時間（歲月）和錢財（千金散盡還復來）的壓迫，就是要澆銷「萬古愁」；今人黃騰輝「掉

進酒精濃烈的自焚」。「自焚」二字，十分傳神。這是寂寞人吟唱的「酒歌」，傷心人獨走的「酒路」。

作者為何飲酒？因為「孤獨難解，／舉杯，向酒問路，」中文的「孤獨」、「寂寞」、「孤單」、「孤寂」，台語的「稀微」，英文的 lone、 lonely、 lonesome，法文的solitude、solitaire等，都有相同的意義，都可以納入李白的「萬古愁」。作者因為孤獨而舉杯向酒問路。他在詩裡鋪陳很多意象與情境，加深加濃「個人愁」的面向。有別於李白的處理方式。

中國《聊齋誌異》的〈酒蟲〉故事，由日本小說家芥川龍之介（1892-1927）的〈酒蟲〉加以衍釋，形成很有趣的「酒蟲作怪」的故事。「酒」和「詩」一樣，可以尋得成千的想像與意義。流行語「醉過方知酒濃，愛過方知情深」。

如果這首詩形式較齊一，內容再濃縮，似乎可以成為「絕響」（跟夏宇〈甜蜜的復仇〉相比較）。

## 三、〈超現實的劣徒〉

這首詩是黃先生詩作中較長的作品；黃先生幾首代表作，如〈悲哀〉、〈石油〉、〈公寓〉、〈電腦〉等，篇幅都短少，精簡有勁。現在閱讀他這三首詩及近年來佳作連連，篇幅不限長短，可謂駕輕就熟，揮灑自如，值得欽佩與學習。

小說家有「冰山理論」（海明威、鄭清文）：冰山的「十分之九是水面下，然而僅僅浮出水面的讓我們看得見的十分之一，又是令人看不透的半透明體。」表面看到的僅僅十分之一，也讓人揣摩不著。這樣的看待，跟「詩，是謎語」有等同意涵；詩，

要求餘味、含蓄，即與謎語為鄰，但不能晦澀到難解無解，成為詩人自己的囈語。

閱讀詩應該愉悅或又有所感應，而不是被折磨，遭晦澀文字組成的迷陣折磨。先拋開這首詩的詩題，全詩分十段，作者數落幾種弊端：

「詩，在迷霧中飄泊」：霧形成朦朧美，但也造成迷失。

「晦澀症候群揉碎的語言」：把晦澀與疾病當患者看待。

「落單的文字」：文字孤立，失準確意思（故意等候誤解、多解）。

「意向，躲在醰甕裡醞薆」：表現的意旨沉斃甕底，不讓知想曉。

「情願在夢幻的風雨中跋涉」：囈語、夢話連篇，表現失準。

「深鎖的心靈指標」：心靈深鎖，形成自閉，夢遊。

「純粹與惟美依然在遙不可及的遠方」：無法表現出準確的純詩與唯美詩。

「穿越迷障」：必須穿越迷障，撥開濃霧，才能微微「試解輻射的地圖」。

「以不透明包裝清澈的晶瑩剔透」：故意遮掩晶瑩剔透的表達方式，作者有意直指超現實的劣徒的詩作是「迷霧」、是「迷障」。

超現實主義與超現實技藝的詩畫電影，有其輝煌的成果，與階段的任務，如米羅（1893-1984）和達利（1904-1989）等人的畫作，以及藉由文字遊戲開發並提高想像力，增添詩的寫作技巧。但也出現魚目混珠的弊病。詩，可以多義、歧異。把自

己的無解（無法解釋）與不屑自剖，拋給評論者或讀者，都是不負責任的推辭。

最近，看一首周華斌的台語詩〈超現實的歌聲〉（刊登《台文戰線》創刊號，2005.12.），懷念1930年代台灣「風車詩社」的詩人。這群詩人在當時透過日文訊息，引介法國「超現實主義」的詩藝。周華斌的詩沒有超現實的劣質現象。

「超現實」，有好的，出現劣質。黃騰輝這首〈超現實的劣徒〉，的確對某類喜愛標榜者有一著實的棒喝。

## 【附錄】深入閱讀的喜悅——《閱讀黃騰輝》編後記

　　整理黃騰輝先生的詩集與研究資料彙編，是一項榮幸。在深入閱讀過程，時時浮現喜悅。

　　2000年前，與身負《笠》詩刊發行人黃先生接觸少，交集少。僅1997年間，出版《笠下的一群》，他大力贊助，內心銘感著他的支持。新世紀以來，他從職場退休，轉向寫作，與老友新朋互動增多。先是李魁賢先生有意整理其全集，接著，2003年歲暮，隨台灣筆會，參加印度詩歌節，十天的旅遊，領會到他的風趣、詩趣與勁力。隨後，有幸參與「台灣詩人選集」編輯作業，編選出版《黃騰輝集》（2009年）。

　　1950年代，黃騰輝是意氣煥發的年少台籍詩人。新世紀的這十年，是煥發益壯的風範長輩。

　　不論過去的年代或當前，黃騰輝的詩都充滿著現代感、機智性與台灣味。

　　基於職場作業的敏銳，1960年代即預料電腦、工業、生態等要素的必需和嚴重，已有「先知」般的思維，將之轉為文學書寫。生活的歷練，社群活動人際交往，冷靜回思，忙裡偷閑，雜中淬練，既吸收又吐納，珠璣詩意無痕湧現。走過日語年幼期，轉入中文世界，在母語日語中文混凝的成長空氣圍繞下，如何蛻變成一首首一篇篇詩文學，有掙扎也呈顯異質。〈檳榔西施〉乙詩：「破開的『青仔』」；〈被統治者〉：「刮鱗破肚斜切灑鹽」。這兩首詩的「破」，依純正中文，應該是「剖」：剖開、剖肚。然，破開、破肚，意義不變，卻因異質而產生台灣味。

在這冊《閱讀黃騰輝──黃騰輝研究資料彙編》眾多詩友評論的文集，各人書寫的時空不盡相同，引錄品評的詩作，部份重疊，佳作好詩藉這些評文留下。當中，各家提及1950年代的《新詩週刊》或《新詩周刊》，仍依撰寫者本意，不便調整。比較合宜是《新詩》週刊或周刊。

　　感謝朋友們支持，順利集合他（她）們的評文。也謝謝黃總的信託，希望這樣的整理，能驚豔一位台灣文壇長輩的詩之光。

2010年11月15日

收進《閱讀黃騰輝集》，春暉版，2010年12月

# 才情四展章回體文學的現代版

## ──讀《莊柏林散文詩集》

### 一、才情四展

　　台灣的學校體制教育，是從日本殖民時期開始。高等學院教育中，醫學與法律出身的知識份子，他們學習能力強，思維清晰，明理辯證，不論醫或法，對人文藝術的素養，也都深具天賦，積極吸納。他們長期扮演著台灣社會的精英角色。

　　1930年代，南台灣出現兩股文學勢力：寫實的「鹽分地帶」和唯美的「風車詩社」。後者像彗星般三兩年間乍現即逝，前者卻承續並建立了台灣文學中堅毅的寫實精神與寫實傳統。這股力量因戰後政治局面大變動，噤聲隱伏約二十年，至1960年代末期，繼起的一代凝聚先行者且發揮之，成為耀眼的「鹽」的文學之光。

　　新光之中，出生於台南縣學甲鎮的莊柏林是傑出者之一，執業律師，擔任考試院典試委員，台南縣同鄉會理事長，陳水扁總統任內曾擔任總統府國策顧問。1991年為紀念父親設立「榮後文化基金會」頒贈「榮後台灣詩人獎」。在文學創作上，成績相當可觀。華文詩、台語詩、歌詞、散文、小說等，均涉獵深廣，已出版相關書刊二十冊。

　　在其纍纍文學果實中，新添一書《莊柏林散文詩集》，書

內〈轉台〉乙篇，有段：「電視是靈感的泉源，我從事文學，苦於找題材，每在床頭邊準備筆及紙張，做應有的紀錄。要抓住靈感，比抓住風還要困難，關於〈梧桐〉、〈採桑〉、〈靈界〉、〈選擇〉、〈秋盡〉、〈用人〉、〈滿洲〉、〈皇輿全圖〉、〈耶城〉、〈耶城〉、〈第十軍〉、〈容凝旨意〉、〈告別父親〉、〈黃昏之戀〉、〈愛的方程式〉等小說、散文暨詩，都是在半睡半醒中完成的，如醉的語言，與轉來轉去的電台多少有一點關係。」這段自述，足以供懶於執筆的人，當作警惕：再忙，每天也應該書寫。

身為台南縣籍的文學工作者，莊律師於1997年同時榮獲「鹽分地帶新文學貢獻獎」及「南瀛文學獎」，十餘年後，仍筆耕不輟，既感念他的創作精神，也樂意將他的文學心血與縣民一起分享。

## 二、章回體文學的現代版

莊柏林律師，早年是文藝青年，在法律界建立了地位與口碑後，將觸角轉向文學，包括活動與創作。1988年加入笠詩社、1990年與詩友籌組蕃薯詩社，1991年為紀念父親設立「榮後文化基金會」頒贈「榮後台灣詩人獎」，1991年至2000年擔任笠社長。同時，積極寫作，20年間，創作了華語詩五、六百首，台語詩超過三百首，另有散文作品。這些量與質均可觀的文字，分別集錄成《西北雨》、《苦楝若開花》、《火鳳凰》、《莊柏林台語詩集》、《莊柏林台語詩曲集》、《莊柏林詩選》、《莊柏林散文選》、《莊柏林短詩選》、《采莊詩

選》等近二十冊。此外，他的文化評論、政治議題，仍持續披露報章被閱讀著。文學活動與創作，使得莊柏林在乾硬僵冷的法律圈裡，散發濃郁的人文氣息。

莊柏林雖然是法律人，陳水扁總統任內曾擔任總統府國策顧問，卻常以「詩人」稱之。「詩」，幾乎成了他的志業。繁忙的律師生涯，仍時時激濺詩的火花。其新著《莊柏林散文詩集》，即2007、2008、2009年間發表於《台灣日報》的集結。

這部新著共62篇，篇幅長短不一，較長者，〈薊花〉、〈愛的方程式〉、〈薊花的信函〉等，具言情小說情節的鋪展與情愛得失的喜悵，餘者為議論、短評、影評、自述（回憶錄）等，融入作者自身讀書（閱讀文學）的經驗與心得，對時局意見的闡述。

自古，文體劃分僅散文與韻文（詩）兩類。中國章回小說的結構係散文（小說）與韻文組合，散文部分是小說敘述為主體，韻文（詩）搭配之。以眾所熟知的《三國演義》為例，第一回「宴桃園豪傑三結義斬黃巾英雄首立功」，主結構是故事情節，結尾：正是「人情勢利古猶今，誰識英雄是白身？安得快人如翼德，盡誅世上負心人！」以四聯絕句引入下回，部分章回只兩聯。重閱《莊柏林散文詩集》62篇文章中，並非聯貫的小說，而是各自獨立的篇章，間有數篇同名主角，如朱立清、嚴介生，多少都有作者自己或周邊人物的過往影子，其敘述可接續亦可單獨存在。但每篇之末，皆有一詩，或長或短，這樣的書寫模式，文章中有散文有詩，依莊柏林自己的說法，即「散文詩」。

就文體言，嚴格講，莊律師這部新著雖言「散文詩集」，畢竟不是（似）文學史所言的「散文詩」，倒像中國章回體文學的現代版。如此，也見識作者在寫作經驗另闢新天地的才華與才趣。

# 莊柏林三首詩簡評

這三首詩，莊律師頗為喜愛，出現在幾個選集或討論中，或許可以稱為自選的代表作；最近一次是在《菅芒花詩刊》革新號第四期（2005年7月）「莊柏林專號」受評（頁17）與自剖（頁48、52-53）。他在自白時，提到前兩首是象徵主義的寫法（一台語詩、一華語詩），後一首為超現實主義的寫法。

整體言，這三首詩都為事件的感觸而寫，有敘事的成分。

底下，試著談談個人的閱讀淺見。

## 一、〈郡王牽著我的手〉

整首詩分五段：首段，因為「郡王牽著我的手」，我要追隨他；第二段，靠近鯤身，與郡王有相同心境；第三段，我與郡王更為貼近，彼此幾乎肝膽相照；第四段，協助郡王艦隊順利進入內陸；末段，郡王牽著我踏上「台灣這塊永遠的土地」。

依架構，可以安排朝「敘事詩」或「史詩」的傾向書寫，但讀後，我感覺不到。如果單純就詩而言，詩中出現的兩個角色：郡王與我。郡王（包括：伊）是誰？我是誰？有困擾須待釐清。郡王，當然指延平郡王鄭成功，我呢？「我用盡所有的神力」，我是神？我是媽祖？但，我似乎是「追隨者」，讓「郡王牽著我的手／也牽著我年輕的心」的追隨者。（文字是解詩的鑰匙，必須透過詩中文字去體會詩。）

「牽」有幾個意涵：大牽小，小牽大，平輩牽手，但總是牽的人為「保護者」，被牽者為「受保護者」。本詩，「郡王牽著我的手」，郡王大，我小。一大一小，「我」，僅僅是郡王的追隨者（隨行軍旅的敘述者？詩人？）。

第三段，有很牽強的歧異：八行詩句，正好截分兩半：前四行：「伊每日為我祈禱／為我燒香／是我每日最後的形影／我唔甘伊大聲啼哭」，郡王為何要「為我祈禱，為我燒香」？因為「我」弱小，需要郡王的保護？後四行：「既然牽著我／渡過驚惶的黑水溝／我也要幫贊伊／建立台灣人的錦繡河山」，是「我」的心願，為郡王「肝腦塗地，在所不惜」。

這首詩的角色模糊，詩中，刻意稱「建立台灣人的錦繡河山」，「台灣這塊永遠的土地」，似乎顯得勉強。（「永遠的土地」有語病，土地應有歸屬或成分問題，永遠「屬於我們的芬芳」土地，永遠「豐腴」的土地，永遠「青翠」的土地。呼應首段：「永遠」年輕的心）

根據作者說法，這首詩的背景是：1661年4月，延平郡王鄭成功由金門料羅灣東征台灣的故事。那麼，我上述的解讀必然有誤。如果沒有這背景的說明，作者的原義能否保留？

作者將神將媽祖擬人化，以第一人稱，是寫作技巧之一，也許談不上瀆神之意，主要是文字敘述的方式合不合宜，表現恰不恰當。例如第三段前半：「伊每日為我祈禱／為我燒香」（「為」有替、幫之意）；通常的認知，應該是人向神祈禱燒香。在這首詩裡，依作者原之意，「我」是媽祖，自然應該是：

郡王「伊每日對（向）我祈禱／對（向）我燒香」。「為」和「對」的受詞，會造成角色混淆。

我想，先釐清角色，郡王與我的關係，正確表現兩者關係。再談這首詩的意義與價值，才好落筆。

另外，第二段末行「千里濱」，應加上註解（日本地名，鄭成功出生地）。

「不平靜的心情／親像不平靜的海湧」二行，改寫自台語流行歌〈惜別的海岸〉：「不平靜的海湧（泳）聲像阮不平靜的心情」。

## 二、〈火光的邏輯〉

這首詩五段二十行，每段均由「一支火光」起筆，這是簡易的寫作方式，有點類似填詞作法，沒有文章起承轉合的結構。

邏輯教授自有一套自行的思維模式。這五段的順序是否也有邏輯的思維模式？前一後與後一段有無銜接關係，或者順序顛倒會不會影響閱讀？或者五段各自成立一首獨立小詩的集合？甚至，可不可以再添加幾段？使內容更豐富？

我個人的幾個閱讀方式

1.各自獨立的五首小詩，或者合成組曲形式。

2.刪除2、3、4的首行（或改為：這支火光），形成一首完整的詩（都由「一支火光」起筆，造成彼此隔離）

3.調整順序：1、2、4、3、5

4.「火光」的數量詞，用「支」，有待商議。（習慣：一支

火把，一個光點）

### 三、〈火鳳凰〉

這首詩三段，各有六行，都可以平分兩半。

首段，平分兩半，前三行「有很多的時候／我的夢裡／滿溢了幼兒的笑聲」，立即感受到滿溢的愛心。後三行「不管是誰孕育的孩子／在廣闊的子宮裡／都可聽到我的哭聲」，有些可議。孕育孩子的子宮，擠滿胎兒，應該稱不上「廣闊」（能否以「超現實」解，待議）。（最初閱讀，原以為第四行銜接前行）

首段，出現笑與哭的對照。這樣的對照有些突兀。

二段，出現火與水的對比。第一行「面對火的洗禮」與第四行「我仍願對水的懷念」，有很好的起筆；唯，接續者出槌，似乎沒有發揮強打的效益：「將被逐出的靈魂」、「乾渴的傷口」難懂。

末段，「鳳凰浴火」跟「享受在火的陽光裡」似乎可以感受，卻有點牽強。既然是「火鳳凰」，又如何「我願是鳳凰」？鳳凰又如何「揚起愛的收割」？愛為什麼會是「收割」？

這三首詩都是為事件而寫的詩，攙雜議論的思維。

比較上，我喜歡閱讀莊柏林的抒情詩，感情細緻投入，有別「法律人」的另一性格。

# 秋收後的田野
## ——讀趙天儀的詩

### 一、前言

　　趙天儀，曾用柳文哲、趙聞政等筆名，1935年 9月出生，台中市人。1960年台灣大學哲學系畢業，1964年台灣大學哲學研究所畢業。歷任台灣大學哲學系講師、副教授、教授、系主任及研究所主任、1974年台大哲學系事件後，失業一年；轉任國立編譯館纂至1990年退休，受聘至靜宜大學中文系任教授、文學院院長職。

　　1954年，就讀台中一中高中因病休學，開始新詩習作，結交詩友，在《公論報·藍星週刊》發表作品。1957年，協助台灣大學校園《海洋詩刊》出刊。1962年出版詩集《菓園的造訪》。1964年，與台籍詩人共十二位發起創立笠詩社，發行《笠》詩刊。此後，集中於詩業與哲學美學的兩條相輔相成的創作與學術路徑。詩業部分由創作、文獻整理，拓展延伸至評論、兒童詩、兒童文學等領域。

　　趙天儀出版的詩集除《菓園的造訪》外，也出版選集，依序有《大安溪畔》（1965年）、《牯嶺街》（1978年）、《壓歲錢》（1986年）、《林間的水鄉》（1992年）、《腳步的聲音》（1993年）、《歲月是隱藏的魔術師》（2006年）、《雛

鳥試飛》（2007年）、《趙天儀詩集》（2007年）、《一棵永不凋謝的小樹》（2008年）、《趙天儀集》（2008年）、《荒野的擁抱》（2009年）等十二冊。童詩集有《小麻雀的遊戲》（1984年）、《小香魚旅行記》等。評論集有《美學與語言》（1971年）、《美學與批評》（1972年）、《裸體的國王》（1975年）、《詩意的美感的》（1975年）、《現代美學及其他》（1990年）、《台灣現代詩鑑賞》（1998年）、《台灣文學的週邊》（2000年）、《時間的對決》（2002年）等。譯詩集《黎刹詩選》（1975年）。兒童文學研究《如何寫好童詩》（1984年）、《大家來寫童詩》（1984年）、《兒童詩初探》（1992年）、《兒童詩萬花筒》（1997年）、《兒童文學與美感教育》（1999年）等。曾獲巫永福評論獎、台中市大墩文學貢獻獎（1998年）等。

在著作等身的文字書寫中，詩，應該是趙天儀的初戀及終身追求的精神之愛。

## 二、詩文學的啟蒙與詩觀的建立

趙天儀多次言及早年幾位師長給予語文方面的啟迪。如國校六年級生，級任老師徐德標，奠定其國語（華語、中文）基礎；就讀台中一中初中部時，導師兼國文老師楊錦銓奠定其國文基礎；高中休學一年，從1954年起，趙天儀開始新詩寫作，1964年，成為笠詩人後，更堅定詩路的漫走。迄今，已是台灣詩壇屹立的一株長青樹，枝椏堅挺，綠葉繁茂。本文試著從他逐漸建立的詩觀談起，切入眾人對他的評論，然後理出寫作風格的遞嬗。

　　在《笠》21期（1967年10月15日）頁33，「笠下影」第26篇，趙天儀提出兩則詩觀，第二則：「詩，是要表現情感，而不是溺於情；是要啟迪思想，而不以辭害意。為了表現的藝術，為了啟迪的哲學，我將為主詩神服永恆的苦役，也許我缺乏詩人的天質，但我卻有著犧牲的精神和篤實的情操，來追求詩的話蹤跡。」

　　在《美麗島詩集》（1979年6月），趙天儀提出三則詩觀：詩的意義、詩的精神、詩的未來。摘錄第二則：「詩的精神，無所不在，然而，有而且只有通過了詩人的感動與表現，才能成為一種精神的實在。我以為在詩的創作上，方法論與精神論應該並重。蓋沒有方法是盲目的，沒有精神是空洞的。方法論是要通過修辭上的技術的錘鍊，精神論則要通過人生觀、世界觀以及意識上的操作、批評與反省。」（頁219）

　　前後兩次，相差約12年，看得出他對「詩業」的堅持與努力。

## 三、寫作分期

　　初習新詩寫作，對外發表，尚未出版詩集之前，趙天儀有冊作品剪貼簿，其詩友杜國清閱後，寫下這樣的批語：「我看後的印象有三：一是缺乏意象，因此，表面上用了很多字句來敘述，結果：每首幾乎都很長。二是喜用對偶性，殊可懷疑；因此，勉強對偶反而有『做』的痕跡。三是所謂鄉土色彩，似乎只在字句或所列舉的事物上，不在精神上，這與桓夫的一些鄉土詩不大一樣吧？」（杜國清在趙天儀的作品剪貼上的批語，時間為1965年3月20日，摘自《笠》第21期頁27「笠下影」，1966年10月15日）

在「笠下影」33，趙天儀對自己的期許：「也許在詩的創造過程中，便是一種觀念的突圍的過程，而在突圍中，表現著詩的純粹性，沒有情感的渣滓，也沒有思想的枷鎖。趙天儀的作品便朝著這個方向努力著。」（本「笠下影」33，趙天儀執筆）

李魁賢在〈論趙天儀的詩〉裡說：「趙天儀的詩一貫傾向於寫實主義的風格，他盡量忠實地記錄所見所聞，因此，外景的描述常佔有他詩中的優位……他的詩一般偏向於敘事，而在敘事中夾雜著抒情，帶有新浪漫主義的色彩。」（《台灣詩人作品集》頁109），又說「從早期的『抒情的寫實主義』，到近期傾向於『批判的寫實主義』的發展，趙天儀在詩中已逐漸彰顯出強化時代精神的要素。」（頁110）。

在《混聲合唱》（1992年），編者（李魁賢）談趙天儀：「身為詩人，文學評論家、兒童詩的教育者的趙天儀，他的詩題材廣泛，注重生活性，語言樸實而不造作，常能反應當時的社會狀況。從抒情的寫實主義到批判的寫實主義，是他的詩的發展的軌跡。」（頁276），這個意見是重複上一見解。

中國學者古繼堂在《台灣新詩發展史》（1989年），論到：「趙天儀的詩的題材和內容是非常豐富的，除了深沉的社會批判意識的作品外，還有不少描寫風景、風物的清新活潑的怡人之作。詩是美的藝術，美是詩的內容，一個詩人的作品不從生活中開挖出美的礦藏，不把這些美的礦藏提煉成美的精華，從而給人們以美的享受和愉悅，他遲早總會被詩神逐出詩國的大門。趙天儀不僅注意到自己作品的社會性、時代性和批判性，而且十分注意自己作品中美的鎔鑄和表現。在他的豐富

的詠物寫景之作，對美的追求表示尤為突出。」（頁322）

　　以上論者，大體同意且圍繞趙天儀的詩貌，提出兩個面向：抒情的寫實主義與批判的寫實主義，這樣的論點，就趙天儀的詩歷，大約從1950年代至1990年代。之後，向陽在《趙天儀集》（2008年）的〈解說〉，增加「本土的寫實主義時期」（頁123）。向陽將趙天儀的詩歷，細分三時期論述：第一階段「抒情的寫實主義」時期，從1954年至1965年；第二階段「批判的寫實主義」時期，從1965年至1991年；1991年之後，為「本土的寫實主義時期」。這樣的分期，有向陽論述與舉例的方便。

　　從另一角度看，所謂「寫實主義」，等於「現實主義」，是英文realism的漢譯，其實就是奠基鄉土、本土。本土，是台灣特別的用語。繪畫界「寫實主義」畫家的素材背景，都是土地上的景物（景象），文學界「寫實主義」是作家身處的場域（鄉村或城鎮都會）。

　　寫作超過一甲子的趙天儀，其詩作，除國外旅遊詩，嚴格講，都在書寫台灣。童年的回憶、空襲的避難、純樸鄉下的描繪、市井庶民生活、旅遊景點、台灣動植物……，都出現於他的詩裡。趙天儀不擅或者不喜歡「玄想」、「超現實」、「魔幻」等，他是務實的筆耕詩人。從初期抱以青春浪漫的情操，寫出《菓園的造訪》，等到1964年《笠》創刊後，在地現實主義逐漸增濃，幾部重要詩集《大安溪畔》、《牯嶺街》、《壓歲錢》、《林間的水鄉》都是見證。《林間的水鄉》雖於1992年出版，詩作卻止於1990年。之後，有選集與主題詩選的出

版，間有新作收錄書內，並非單純創作的延續。就整體言，是現實主義的台灣詩人。

1977年，莫渝曾訪問趙天儀，刊登《台灣文藝》革新號7期（1968年10月），標題〈從鄉土出發〉；鄉土，是當時「台灣」的代名詞，他的現實主義詩作以台灣為重要的書畫場域。

## 四、創作圈四階段的波紋

底下，筆者從另個角度著眼，以個體軸心向外擴展的成長歷程所型塑的心境與文化視野，分在家（童年）、懷鄉（遊子）、島戀（島國行踪）、域外（世界紀行）四個場域，各抽樣幾首具代表的詩作，重新描繪詩人的輪廓與側顏，印證現實與社會時代。

### （一）在家（童年）

在家，指個體在幼稚期與童年期，需要長輩撫養、照顧。有關此時期的作品，不是當時之作，都是若干年後追憶的陳述，是詩人童年無法磨滅的印象重現，如〈五張犂的一幕記憶〉、〈午夜〉、〈蓖麻與蝸牛〉、〈最後的黃昏〉、〈陀螺的記憶〉、〈在關緊的門窗縫隙間〉、〈大霧〉等詩。這些詩作涉及1940年代台灣遭盟軍空襲、日本戰敗、台灣政權轉轍產生的震盪及二二八事件。

〈五張犂的一幕記憶〉是有關空襲轟炸的詩。五張犂位於現在台中縣大里市，六十年前是十分偏僻的鄉下。1941年12月，日本發動太平洋戰爭。1943年1月，盟軍由南太平洋跳島反

攻；1945年1月9日，台灣各大市鎮開始遭受盟軍轟炸，根據資料，2月14日起至2月19日，連續6天盟軍轟炸；3月至6月，美軍B52重型轟炸機大量轟炸，當中，5月31日，盟軍全島大空襲。為此，城市居民除就近躲入防空洞（壕），亦疏散至鄉下。年少的趙天儀家族老少均避難至鄉下五張犁，年輕的父親則留守城裡台中老家。這首〈五張犁的一幕記憶〉全詩44行，不規則分成10節，前三節：「一陣呼嘯的聲音／一串爆炸的聲音／／是山崩／是地裂／是天旋地轉／像強烈的地震一樣／／城裡的老家／在遠方／一團火／燃燒起來／燃燒起來」，遠方燃燒起來，祖母與母親無助地只能誦唸著／「南無觀世音菩薩／南無觀世音菩薩……」。結尾「當岑寂的瞬間／在聲音逐漸消失的剎那／火災的城／正通紅滿天／昇起了如墨的黑煙……」這樣童年避難經驗：遠方是火災的城，身邊是呼嘯的聲音、爆炸的聲音，異於詹冰的詩〈船載著墓地航行〉，龍瑛宗小說〈燃燒的女人〉，他倆筆下都是成人的戰爭與空襲經驗。〈午夜〉一詩也是童年的烽火經驗，這首詩較短，15行，平分3節，半夜，聽到野狗狂吠，緊緊地蓋著棉被，「記得那座水墨畫的竹林／風與葉耳語／竹隙的星輝打著冷意的寒噤」，野狗越吠越淒厲，「我的童年隱藏著／竹林裡神秘的記憶／那丈夫出征南洋而瘋癲了的日本婦女／那夫君炸死於機場而穿麻衣啼哭著的農家婦」，竹林的記憶與眾人的傳說等，是延續童年避難五張犁經驗留下的深刻印象。

〈最後的黃昏〉一詩53行，不規則分成10節，首二節敘述無知童年嬉戲的鄉景：「豌豆棚下／溪流蜿蜒而來／延伸而去

／茶園的暮色／玫瑰叢的晚雲／我凝視著／／有草尾蛇／脫了皮的遺殼／有土撥鼠／挖過了的地窖」。接著，微微感受「戰火瀰漫」，淡淡描繪父親靜默、母親默禱的神情；等到出現「葫蘆狀的原子雲」，聽著「日本天皇在播音機上／正以懺悔／而激動的泣／音廣播著投降的消息」，童稚的心靈，「還茫然地掛著／異國的國籍的時候」，只知是「黃昏」，不知「世界／已撥開了雲霧／地球／已朝向了黎明的曙光」。這樣描述時代驟然改變下的孩童，頗類似19世紀普法戰爭結束，戰敗的法國割讓東北亞爾薩斯與洛林兩省給普魯士；交接前夕，小說家都德（Alphonse Daudet，1840-1897）筆下〈最後一課〉的村童Frantz的感受。

日本戰敗投降，短時間無法全部遣回在台灣的日本居民，他們原本殖民主的優越身份，頓然喪失，日本孩童亦然感到敗戰國的羞愧。〈陀螺的記憶〉描繪身份地位驟變的台日孩童：「我有一個最好的陀螺／那是牛角造的，請不要……」日籍孩童哀憐地用求饒口吻，意圖用最好的牛角陀螺，獲得保護。「即使是孩子們的玩具／一個送給我的陀螺／也有民族的心酸／也有歷史的血和淚」。藉由孩童語言，亦能感受國家強弱的滋味。陀螺的追憶也出現在〈那時候〉一詩，「那時候」指的是「烽火下的童年」，有防空壕的童年。

戰後約一年半，發生於1947年春天的二二八事件，是外來政權以強勢槍桿子壓制的暴力屠殺行為，台灣菁英份子或無故遭逮或半夜失蹤或廣場槍決或表面邀請卻一去無回，不計其數。當時年13歲，國校五年級生的趙天儀在〈在關緊的門窗縫隙間〉記載

著對事件的驚恐。詩副題：「記一九四七年二月廿八日之後一個戒嚴的晚上，當時我是一個小學生」，全詩16行平分8節；沒有事件原委的描敘，僅僅陳述自己的害怕與聽聞，聽到「槍聲四起」，「慌恐的我跟弟弟擠在一起」，擠在「把棉被杜塞四周／形成一座防空洞」。躲防空洞的經驗，自然是更小之前的持續訓練累積的動作。等到爸爸媽媽進到房間，雖然稍安，街道依然「槍聲四起」，甚且「槍向前方，槍向後方／槍向左方，槍向右方」。手無寸鐵的人民與孩童，閉戶不敢外出，徹夜難眠，「在關閉的門窗縫隙間／我凝視著一個恐怖的夜」，緊張的氣氛藉兩行一節兩行一節塑造的緊湊，發揮詩的力道。

趙天儀另有「二二八詩抄」組詩七首（刊登《笠》詩刊199期，1997年4月15日）等，這組詩的〈大霧〉，也值得注意，112行詩，平分3段，首段前後兩行為：「大霧封鎖著台灣的土地」、「二二八的幽魂曾經在歷史的大霧中封鎖」；二二八事件的確是台灣大霧。

以上，戰火與政治事件的孩童經驗，文字的簡樸與明朗，跟趙天儀在兒童文學兒童詩領域的耕耘，有彼此互補相得益彰的功效。這幾首詩作，都以事件為基底，具備「敘事詩」的雛型，為轉變的時代留下文學見證。

（二）懷鄉（遊子）

經歷幼童少年期，成長的青年趙天儀自台中一中高中部畢業，1956年，考入台灣大學哲學系；順理，自然離家到台北市繼續求學讀書。台中老家與五張犁鄉村，成了他聚焦鄉愁之所在。

詩人懷鄉之作，收進詩集《大安溪畔》（1965年）內的幾首，包括：〈故鄉啊我要為你歌唱〉、〈斑鳩的呼喚〉、〈歸鄉曲〉、〈我將遠行〉、〈陽光中的菓園〉以及詩集《牯嶺街》（1978年）的〈光復後的榮町〉等。

故鄉、家鄉無固定說法，有人遠走他（她）方，「日久他鄉即故鄉」，有人至老仍想落葉歸根，回到出生地。法國文論家羅蘭‧巴特（Roland Barthes,1915-1980）說：「畢竟，只有童年才有家鄉。」趙天儀的鄉愁、歌詠故鄉，也依此萌生。

〈故鄉啊我要為你歌唱〉是遊子思鄉的心聲，全詩每3行一節，有15節，共45行，可以朗吟，是一首清新的朗誦詩。「故鄉啊我要為你歌唱」或「我要為你歌唱故鄉啊」不時出現，加濃對故鄉的情思，第七節，算是軸心：「故鄉啊當我在你底懷裡成長／而在異域裡流浪的時候／我會感知你的存在為你思念」。

〈斑鳩的呼喚〉形式較不規則，全詩有48行。首段：

從遙遠的故鄉
親切地呼喚著
當落葉在半空裡
飛舞
當陽光在子裡
照耀
你那甜美的口哨
彷彿在我底耳畔迴響

　　「遙遠」的定義很難界定，對離鄉背井的青少年，十里是遙遠，百里亦是。詩行高低的編排，也意味著詩人的思維如潮水起心律浮，心律抑揚情緒頓挫。隔著「遙遠」，如何聽得到斑鳩的呼喚？這是詩人心靈的聲音，內裡潛藏許久的聲音，日夜縈懷之思；此刻，無法抑止，瞬間突然湧現，噴湧為強烈鄉愁。鄉愁唯有還鄉解，詩的結尾：

> 從南方的山峰
>
> 熱烈地呼喚著
>
> 啊那兒是我夢幻的水鄉
>
> 那兒是我復活的菓園
>
> 我要回去我要回
>
> 去傾聽你那柔美的咕咕──咕的音響……

　　南方的水鄉、菓園，都是詩人童年烽火避難生活另一面向的記憶，是他所言「故鄉」（故里）之一，也是他創作的泉源之一。童年留存深刻的斑鳩影像與聲音，定格為故鄉的代名詞。「南方」的定位，對趙天儀言，僅是台北之南的台中（包括當時大里鄉的五張犁），而非泛指南台灣。在往後的作品，水鄉、菓園、南方，一再重現，都是詩人縈念不止的「故鄉」，是他思鄉症的源頭。這類懷鄉作品，尚包括詩集《林間的水鄉》（1992年）內〈斑鳩的呼喚〉同題詩，以及第四輯「果園的懷念」與第五輯「林間的水鄉」諸多之作。後輯裡〈故鄉的田莊〉末段：「靜靜的田莊，烽火邊緣的田莊／在戰火下，曾經渡過了我無知

的童年／渡過了割青草餵白鵝的孩提的時光／這兒是我常午夜夢回的故鄉」。

（三）島戀（島國行踪）

1960年，趙天儀自台灣大學哲學系畢業，服役軍旅，行縱全島，再入研究所進修兼教書，服務社會。隨著《笠》詩刊逐期發行，與詩壇文學界互動，他擴大了書寫的素材：台灣。台灣的景點、台灣的動植物，都一一放進他的詩錦囊。

幾本詩集《大安溪畔》、《牯嶺街》、《壓歲錢》、《林間的水鄉》大部分詩作都為台灣而寫。

趙天儀有關台灣氛圍的詩作約略可分為：紀行詩、動植物詩、詠物詩。生態公害詩、抒懷詩等。除紀行詩外，餘類常有重疊，詠物詩可包含動植物詩，動植物詩涉及生態公害，抒懷詩也需藉物詠感懷。李魁賢將趙天儀詩作分「抒情的寫實主義」與「批判的寫實主義」，向陽增加「本土的寫實主義」，都指向趙天儀有關台灣的詩作。

台灣位處亞熱帶，跟氣候有關的天災，如乾旱、颱風、暴風雨年年不斷。1960年代，一場災害，趙天儀寫下〈當山洪爆發的時候〉。全詩43行，不規則分9段。起筆：「風咆哮著／雨哭泣著／當山洪爆發的時候／堤防崩潰了／橋墩中斷了」，隨後「水位漲著／屋頂似搖搖欲沉的古舟」，末段：「淒厲的濁流狂奔著／改道的改道／淹沒的淹沒／小廟，田莊，古樹／啊啊，一切的一切／都在飛濺的浪花裡消隱／都在混濁的流水中俱逝」，人，也許逃命了，可是，家產衣物全都消失。詩說「在一個颱風的夜

／當山洪爆發的時候／風咆哮著／雨哭泣著」，面對風雨交加的無情災難，卑微的人民「無語問蒼天」。

彷彿一演再演的戲碼，颱風年年有，災情年年發生，嚴重者，莫如2009年8月8日中度颱風莫拉克夾風帶雨，如同夜襲的惡魔，瞬息間，一場沒有砲火的戰爭，卻奪走七百多條人命，四千多人流離失所，財物損失更達數百億。悲慟的詩人寫下12段88行的長詩〈哀台灣〉一詩。颱風年年來，山洪卻變成土石流：「土石流從天而降，那不是天上掉下來的禮物嗎／土石流在洪水中，濁浪滾滾／土石流衝過了河床的每一寸土地」，「一夕之間，許多山村都被淹沒了／一夕之間，許多溪邊的建築物整棟地跪倒下去了／一夕之間，溪邊的許多住家都被衝毀了／洪水不是神話，挾帶滾滾的神木而來／洪水不是古代的傳說，漂流木在洪水中漂蕩／舉目驚惶，洪在濁流中，一片蒼涼」，一片蒼涼，活像人間地獄。悲劇的發生，因主政者的冷血，將災難升高為災變。詩文學是現實的反應，也是現實的見證。

上引二詩屬「批判的寫實主義」，趙天儀另有一首〈公害〉，從一艘油輪沉船，船艙的儲油流瀉，污染海域及海域的生態，轉轍為：「一個博士墮落了／污染了學府／謊言取代了真理／詭辯的詐術欺騙了無知學子／一如那無法洗淨的油漬」。學術與校園的污染，最嚴重者，莫如「謊言取代了真理」，誤把「謊言當成真理」。

在台灣的氛圍下，趙天儀有更多前述的幾類詩作。台灣紀行的量最龐多。詠物詩、抒懷詩也不少，各引一首。

〈石磨〉

磨吧，一瓢一瓢的水與米粒放進石磨的一個洞口以圓形的軌
跡讓石磨一圈一圈地旋轉磨吧，像輪轉的唱片一樣磨出低沉
的聲音磨出濃濃的米漿用布袋子容納起來磨吧，一圈一圈地
旋轉我們的心彷彿夾在中間我們的苦楚也好像夾在中間在旋
轉中，磨出我們詠嘆的聲音

〈石磨〉詩收進詩集《林間的水鄉》。石磨是農業社會研磨
穀物，改變主食形態的工具，時至今日，已轉為民俗古董之物
了。這項工具，在東方台灣，主要是磨米成漿，在西方則磨麥成
粉。台灣是稻米產地，自然有石磨的需求。常見的石磨，含重疊
的上下兩塊平面石，稱為磨盤，上石較小，可移動旋轉有磨孔、
磨鉤、磨臍的「頂座」，下石固定、較大，邊緣有環形溝的「下
座」。石磨只是工具，還得靠推磨的木製丁字形把手，由人力
（獸力或電力）操作，才能旋轉石磨。早期，由人力用石磨磨米
的，需兩人密切合作，一人推磨，另一人將米與水舀進磨孔。這
首詩即從舀米與水的動作開始，全詩三段，每段四行，均由「磨
把」的動作與聲音引頭。整首詩，也全賴動作所引發聲音支撐
著，讀者看不到工作者的表情。首段，呆板規律的「一瓢一瓢的
水與米粒／放進石磨的一個洞口」，推磨者也是單調規律的操
作，讓石磨旋轉。第二段，這樣重複的旋轉像「輪轉的唱片」
，二者都是圓形物，都能發出聲音，不同的是石磨除了「低沉的
聲音」，尚有「濃濃的米漿」的實用價值。第三段，在研磨中，

容納了工作者的用心、苦楚和詠嘆，工作者自然也有人類的含義。三段的發展，循序漸進，單調的動作昇華為人類的心聲；無生命的石磨因人類的參與，發出了有生命的聲音；旋轉不已的石磨傳達人類，生生不息的詠嘆。農業社會的鄉村生活，有一些交換知識、聊天聚會的特定場所，如店仔頭、浣衣畔、市場、磨坊（石磨研米處），一邊工作一邊進行文化交流，顯露人間情誼。逢年過段前，家家需備糕點、粿仔和其他食品，全賴石磨發揮經濟效用。面對繁忙、快速的工商業資訊社會，「石磨」早已擺進民藝古董行列，品讀這樣一首小詩，除了引發農村生活的靜思外，也該出現一絲絲的人間味吧！

〈芒草的天空〉

在斷墻的廢墟旁
一片空地
擠滿了茂盛的芒草
以翠綠的顏色
舉起銀髮的旗幟

在遼闊的曠野上
一陣疾風
吹向了抖擻的芒草
用堅韌的身軀
在曠野的地平線守望

願我是那生命力旺盛的

一叢芒草

不管在廢墟旁

或是在曠野上

都享有一片自己的天空


　　〈芒草的天空〉收進《腳步的聲音》。芒草，為禾本科的一屬，多年生，莖稈硬而結實，葉細長，小穗有芒刺，台灣全島產五種及兩變種，最常見者為五節芒。秋天開白色穗花，常被誤為蘆葦。芒草，大都野生，繁殖力強，郊區路邊山間均可見到。全詩三段，前兩段描敘芒草的外緣環境和內在生態，斷牆廢墟邊的空地上，曠野上都看得到芒草，而且數量不少，作者用「擠滿了茂盛的芒草」和「抖擻的芒草」暗示芒草生命力的硬朗；作者還用抒情的筆調誇譽這種卑微的植物：「以翠綠的顏色／舉起銀髮的旗幟」和「用堅韌的身軀／在曠野的地平線守望」。對芒草的誇譽，其實是作者心志的影射，第三段，即直接表明藉物託志的意念：他希望像芒草一樣有旺盛的生命力和「一片自己的天空」。生命的意義在體驗後實現自我，同屬生命，植物較單純的立在固定地點（除非遭人類移動、移植），人類卻在各種動態變化下，透過奮鬥、鬥爭才「享有一片自己的天空」，這樣的結果也會因人類欲望的遞增，一再改變。在這首詩結尾，作者表現了某一階段的期望。芒草是常見的卑微植物，作者由此引發對卑微事物的關注，自然流露了人道的情操。

（四）域外（世界紀行）

　　詩人既要「讀萬卷書」，也該「行千里路」。中國歷史上有這麼記載，清光緒年間，孫文孫逸仙從國外學醫歸來，想拜會湖廣總督張之洞，談抱負與革新，他在總督府衙門遞出名刺（名片），寫著：「學者孫文求見之洞兄」。張之洞見之，回應：「持三字帖，見一品官，儒生妄想稱兄弟。」孫文略加思索，回之：「行萬里路，讀萬卷書，布衣亦可傲王侯。」行萬里路讀萬卷書的詩人，依然可以頂天立地，讓好作品傲世傳閱。

　　1978年之後，趙天儀有多次出國，或詩文學的交流，或探訪親人或純旅遊。出國，當然要記錄自己的腳踪，這類作品稱旅遊詩、紀行詩均可，其實是趙天儀他在國內寫作的延伸與持續。在國內，他抒情感懷，寫實陳述，也批判，到國外仍未停止觀察的詩筆。新近出版詩集《荒野的擁抱》（2009年11月），包含兩輯63首，輯一台灣紀行、輯二世界紀行。「世界紀行」有36首，是他的「域外」詩。腳跡包括日本、韓國、冰島、蒙古、米蘇拉、美利堅、加拿大、紐西蘭等。

　　2006年8、9月間，趙天儀參與台灣筆會韓國、蒙古與布里亞特文學之旅，

　　行程中留下不少紀行詩，在布里亞特共和國恰克圖與首都烏蘭烏德兩大城市分別見到列寧銅像，隨即書懷，之後，刊登《笠》詩刊256期（2006年12月15日）：

〈列寧銅像（一）〉

在破舊廢墟的教堂邊緣
豎立著一座
列寧白色的銅像
這是布里亞特共和國
給我的第一個印象

雖然蘇維埃社會主義已經崩潰
列寧白色的銅像
還陰魂不散
莫非人民還在泥濘的路上
蹣跚徘徊

〈列寧銅像（二）〉

號稱世界第一座的黑銅色
列寧半身銅像
座落在烏蘭烏德首都市區
雖然列寧銅像沒有被斷頭

列寧半身銅像
依舊昂然地豎立著
人潮絡繹不絕，似乎忘了昔日銅像的存在

The Revolutions is over now
The Revolutions is over now

　　1917年俄羅斯建立蘇維埃社會主義共和國以迄1990年，蘇聯及其信仰社會主義共產主義的邦交國，無不林立各種姿態的列寧銅像，供人民膜拜效忠。蘇聯解體後，俄羅斯境內的銅像同樣被拉下分解拍賣，因而出現日本詩人谷川俊太郎（1931- ）〈胡蘿蔔的光榮〉：「列寧的夢消失　普希金的秋天留下來／一九九〇年的莫斯科……／裹著頭巾、滿臉皺紋、穿戴臃腫的老太婆／在街角擺出一捆捆像紅旗褪了色的胡蘿蔔／那裡也有人們默默地排隊／簡陋的黑市／無數燻髒的聖像的眼睛凝視著／火箭的方尖塔指向的天空／胡蘿蔔的光榮今後還會在地上留下吧」，以及洪素麗散文〈列寧「凋」像〉。布里亞特共和國位於蒙古共和國北邊，俄羅斯國協東邊，境內有世界最大的淡水湖貝加爾湖（中國古書的「北海」）。布里亞特共和國雖然獨立，國防與經濟仍依賴俄羅斯，詩中所言兩座銅像依然留存，但，一座豎立「在破舊廢墟的教堂邊緣」，一座在「首都市區」，都失去當年的風光與精彩。列寧銅像的存廢，見證時代的變遷，域外紀行詩也拓寬人文視野及當地民情。

## 五、結語

　　台灣新詩的發展，1920年代中期張我軍、追風分別以中文、日文的書寫，開啟詩的浪漫抒情，至1930年代吳新榮、

郭水潭等「北門七子」的鹽分地帶現實主義詩風，水蔭萍、林修二等「風車詩社」引導另一股超現實的抒情。吳新榮在日本就讀時的〈故鄉的輓歌〉和郭水潭的〈廣闊的海〉等作，是抒情現實主義的代表作。同時期，賴和的幾首長詩：〈覺悟下的犧牲──寄「二林事件」的戰友〉、〈流離曲〉、〈南國哀歌〉、〈低氣壓的山頂（八卦山）〉，屬於「批判的現實主義」。如此，從1930年代台灣詩壇已留下美好的書寫「現實主義」奠基，持續至1940年代戰後初期。因為日本退出台灣，中國移入，1950年代的寫作群產生巨大變動。絕大部分日文書寫者暫時退隱或沉默，由中國流亡者居主導地位，展開政策文學及現代主義的知性詩潮，隱微的現實主義需等到「笠」的創社與《笠》詩刊的出發才浮現地表。趙天儀從青春時期浪漫主義的情操出發，寫下詩集《菓園的造訪》，之後，凝聚台灣力量的《笠》，轉轍現實主義書寫，正是這波新浪潮的前頭浪。

《笠》詩刊259期（2007年6月15日）「笠詩人讀詩冊」專輯裡，趙天儀列出兩類讀詩冊，喜愛他人詩篇目，有巫永福：〈泥土〉、詹冰：〈足音〉、陳千武：〈童年的詩〉、陳秀喜：〈灶〉、林亨泰：〈一張弄髒了的臉〉。另一類讀詩冊，偏愛自選詩篇目：〈雛鳥試飛〉、〈母親〉、〈我愛黃昏〉、〈候鳥〉、〈老人家跌倒了怎麼辦？〉。由這分詩單，看得出趙天儀他個人的精神。同時，尚有他的新作〈午夜〉詩：

〈午夜〉

午夜，荒野的蟲聲唧唧鳴響
萬籟岑寂，大地黝黑

午夜，在燈光下，奮筆疾書

為什麼精神還這麼清醒？
喝了咖啡，在午夜，我還是隻不眠的夜貓

眼睛注視著前方
燈光依然明亮，夜色依然幽暗

　　之前，趙天儀寫過兩首〈午夜〉的同題詩，分別收進詩集
《牯嶺街》和《林間的水鄉》，前者於「在家（童年）」一節討
論過；後者純抒情，寫個人在夜深人靜時獨醒的心境：「我把夜
色擁在我的眼簾／把孤寂抱在我的心裡」。這首詩，午夜不眠難
眠，原來是「在燈光下，奮筆疾書」，奮筆疾書，不就是詩人學
者評論家趙天儀，從1954年以來不懈不輟筆耕的寫照嗎？單就詩
業言，莫渝寫於1997年的〈笠詩人小評〉，提及趙天儀：「結合
歷史、鄉土與人文，有敘事詩的強烈企圖；俯拾即是的取材，逼
近量產詩人。」十餘年後，自認仍十分貼切。
　　走筆至此，憶及讀過霍桑（Nathaniel Hawthorne，1804-
1864）〈人面石〉的故事。霍桑，美國文學浪漫主義小說開創

者，《紅字》是其代表作。短篇小說〈人面石〉故事，敘述少年歐內斯特從小盼望家鄉誕生一位了不起的偉大人物，其相貌能與山壁的人面石吻合。終其一生，陸續出現富商、將軍、政治家、詩人，原本期待，終究逐一落空，最後吻合人面石的竟是當傳教士的歐內斯特本人。也許霍桑寫作時有宗教的考量，但自己就是自我期待的投影，也符合心理移情的現象。撇開霍桑的宗教因緣，在趙天儀的文學創作與學術建樹，我們在台灣文學史也見識類似〈人面石〉的模樣，以及秋收後田野清朗廣袤的視野。

2010年6月6日完稿

刊登《笠》詩刊289期，2012年6月15日

收進《趙天儀全集‧詩卷》

## 參考書目

《笠》21期，頁25-7「笠下影33：趙天儀」，台北市：笠詩刊社，1967年10月15日。

《笠》248期，頁38-145「趙天儀專輯」，台北市：笠詩刊社，2005年8月15日。

笠詩社主編，《美麗島詩集》，台北市：笠詩社，1979年6月初版。

李魁賢，《台灣詩人作品論》，台北市：名流出版社，1987年1月15日初版。

趙天儀等編選，《混聲合唱·笠詩選》，高雄市：春暉出版社，1992年9月初版。

莫渝，《笠下的一群——笠詩人作品選讀》，新店市：河童出版社，1999年6月初版

陳玉玲主編，《台灣文學讀本（二）》，台北市：玉山社，2000年11月初版。

古繼堂著，《台灣新詩發展史》，北京：人民文學出版社，1989年5月。

向陽編，《趙天儀集》，台南市：台灣文學館，2008年12月初版。

# 杜國清的詩解說

## 一、前言（小傳）

　　杜國清，1941年7月19日出生，台中縣豐原市人。先後畢業於台灣大學外文系、日本關西學院碩士、美國史丹福大學博士。轉任教美國加州大學聖塔芭芭拉校區，講授「中國古詩」、「中國現代詩」、「意象派、中國古詩與日本俳句」等課程。1985年起赴中國旅遊訪問講學多次，1992年派駐北京大學兩年。1994年，主持加州大學華文文學研究中心，並負責1996年創刊的《台灣文學英譯叢刊》及《台灣文學漢英對照叢書》，2003年設立「賴和吳濁流台灣研究講座」，同時成立台灣研究中心。杜國清曾多次返台參加文學會議與講學，最近一次是2008年2、3月，應台灣大學台灣文學研究所與台大人文社會高等研究院約請，擔任台大台文所台灣文學學術講座（當時職稱：加州大學聖塔芭芭拉校區東亞語言文化研究系教授、台灣研究中心主任）。

　　1950年代末，開始寫詩。1961年，與台灣大學外文系同班鄭恆雄（筆名潛石）及王禎和，一起加入《現代文學》雜誌社。1963年畢業之際，即出版詩集《蛙鳴集》。1964年，為「笠」詩社十二位發起人之一，隔年出版詩集《島與湖》。此後，在詩壇、學院、譯界同時展現三方面立言的持續才華，迭創卓越成果。1980年榮獲「中興文藝獎章」新詩類，1984年榮獲「笠」詩

社翻譯獎，1994年榮獲國家文藝獎翻譯成就獎。出版方面，除前述兩冊啟蒙時期詩集外，續有詩集《雪崩》（1972年）、《剖伊詩稿伊影集》（1974年，與桓夫合集）、《望月》（1978年）、《心雲集》（1983年）、《殉美的憂魂》（1986年）、《情劫集》（1990年）、《杜國清作品選集》（詩文合集，1991年）、《愛染五夢》（1999年）、《玉煙集》（未出版）、《杜國清詩集》（2008年）等；翻譯《艾略特文學評論集》（1969年）、《詩學》（西脇順三郎著，1969年）、《詩的效用與批評的效用》（1972年）、《中國詩學》（1977年）、《惡之華》（1977年）、《西脇順三郎的詩與詩學》（1980年）、《中國文學理論》（1981年）、《米洛舒詩選》（1982年）等。1990年代起，在中國也有自編與他人代編的詩集，如《情劫》（中國文聯版，1991年）、《勿忘草》（白舒榮編，人民文學版，1992年）、《詩情與詩論》（花城版，1993年）、《對我你是危險的存在》（中國文聯版，1996年，台灣版改名《愛染五夢》）等四冊，部分詩作重複選錄；另，中國學者對其詩作進行深入研究，已出版專書，包括：《尋美的旅人——杜國清論》（汪景壽、白舒榮、楊正犁著，北京大學出版社，1994年7月；台北桂冠圖書公司，1999年3月）、《愛的秘圖——杜國清情詩論》（王宗法、計璧瑞、汪景壽著，北方文藝出版社，1994年7月；台北桂冠圖書公司，1999年3月）、《昨夜星辰昨夜風——（玉煙集）綜論》（王宗法著，安徽大學出版社，1998年5月）等。

　　相對於中國學者熱心評論，台灣學界與詩壇反而有點冷落了這位學者型詩人。

## 二、詩人偏愛三與十二

杜國清求學的三所大學，也是他的學問進展的三階段：從台灣大學經關西學院到史丹福大學博士畢業，最後停留加州大學聖塔芭芭拉校區執教。在三校研究重點分別為：英美詩文學（偏重：艾略特）、西脇順三郎及波德萊爾（偏重：波特萊爾）、中國古文學（偏重：李賀）。這些學校位屬台灣、日本、美國三地，是他的生活與文學活動（參與文學會議）的三定點，1990年代，兼及中國。接受英美詩文學洗禮時，其關注點為現代主義重要詩人艾略特，杜國清翻譯代表詩作〈荒原〉等，並將出版理論《艾略特文學評論集》。跟隨西脇順三郎研究時，除注意其詩與詩學，出版《西脇順三郎的詩與詩學》外，西脇是日本研究法國詩人波德萊爾的權威，杜國清順理踏入波德萊爾的詩世界，進而翻譯出版《惡之華》。在史丹福大學，隨劉若愚研究，劉若愚是中國一代學者，自然將老師著作譯成中文，同時回到晚唐李義山與李賀的研讀。李義山與李賀的詩藝，可以呼應象徵主義的波德萊爾；象徵主義又是現代主義的源頭。如是，遊走現代主義、象徵主義、古典主義，三思貌自然傳輸其教學與創作中。杜國清，應是出入東西方古典與現代的學者詩人。

在1970年代，寫詩二十餘年的杜國清，已建立自己的詩觀詩論，他提出「詩的三昧」，從佛學的「昧」，引申詩學的「昧」。他認為「就詩的內在本質而言，我認為驚訝、譏諷、哀愁是詩的『三昧』。這分別指詩的獨創性、批判性與感動

性。」1980年代中期，與中國學界詩壇接觸後，「三昧」傳入中國，誤解成「三味」。對此，杜國清在一趟成都之旅，見到路邊攤，領悟並順理衍意出詩的「三味」為「麻辣燙」，他說：「麻者，感性的反應；辣者，辛辣也，知性的批判；燙者，突如其來的味覺反應，出乎意料的新發現，令人訝異的新感覺。」

《勿忘草》一書是在中國出版的詩選集，其〈序〉，杜國清言：「這本詩選，……分成三輯。心雲、情劫和玉煙，原是我三本詩集的書名，頗能代表我一生追求詩與美、美與愛、愛與哀的三部曲。」（原書，頁1）。

在一篇敘及「人生觀」的短文，杜國清提出「人生中不如意者十常八九，……追求、省悟、修鍊，我認為是安頓自我生命的三個過程。」他認為人生是「為安身立命朝向達生聖境的一段修鍊過程、」（杜國清：〈追求、省悟、修鍊〉，刊登《聯合副刊》1991年7月21日）。於此，他建立自己專屬的人生三觀。

日常生活與思維的語言使用方面，除了母語（台語、閩南語）外，杜國清的熟悉語系，也是三：中文、英文、日文。

以詩為主軸，杜國清型塑了的三位一體：詩人、旅人、戀人，或詩人、學者、譯家。

從詩的三昧到詩的三味，從學問三階段到詩藝三風貌，從生活三定點到人生三觀。數字中，「三」之外，「十二」也是杜國清偏愛的數字，詩集《島與湖》的主題情詩「島與湖」有十二首。詩集《雪崩》內「生肖詩集」十二首。為古希臘諸神而寫的「希臘神弦曲」也是十二首。

## 三、以詩論詩實踐理論

　　杜國清學問三階段的研究對象——詩人艾略特、波德萊爾、晚唐李義山李賀，在其寫詩歷程中，掀起一些波瀾。如初期現代主義艾略特的〈荒原〉影響了〈田園變奏曲〉、〈滄桑曲〉；波德萊爾的〈貓〉影響了〈貓〉、波德萊爾的〈萬物照應〉影響了〈萬法交徹〉；李義山的七言詩句激發詩集《玉煙集》四十至五十首詩的創作。以接受波德萊爾的詩與美學影響的〈貓〉詩為例。波德萊爾寫過幾首〈貓〉，杜國清均譯過，也寫過〈貓〉（詩集《情劫集》，頁98-100）兩首，同樣以貓象徵戀人，藉肉體肌膚的觸撫，追求心靈的結合，杜詩的結尾也隱含著呼應《惡之華》第4首〈萬物照應〉的性靈合一的「象徵主義」的詩境。

　　前一節，提及杜國清是「學者詩人」，詩壇有所謂這樣的稱號，通常指在學院裡走動執教的詩人。較之於這一群，杜國清更合乎如此的泛稱。他是少數建立自己詩論且以創作實踐的「學者詩人」。

　　1971年，他寫出〈詩〉（《雪崩》，頁72）乙作，稍後，更改幾個字將詩題定為〈詩學〉，初步建立以詩論詩，內文僅7行：

　　　　讀了西脇的牛坐在理髮店淌著口水之後
　　　　和教授討論到歐陽修在廁所裡作的詞之後
　　　　三島由紀夫的盲腸起了銹之後

詩人在想像

一隻沒有鼻子的象

以及情婦的香糞那朵〈惡之華〉

以及美的意識發炎時的自我手術

（《望月》，頁128）

　　嚴格講，這樣的詩，是將「詩」當成詼諧態度處理，可以輝映杜國清散文〈寫詩的樂趣〉（收進《望月》詩集書前），同等看待，他在該文起筆說「從寫詩中我獲得了樂趣」，列舉100則之後，補言：「如此，從寫詩中我獲得了樂趣。詩是給予高貴靈魂的一種娛樂。」如第1則「那是現實的佛像花被想像暗殺了的樂趣」、第13則「是波特萊爾吸乾了老娼婦的奶然後匆匆上教堂的樂趣」，既言樂趣，即帶有戲謔成分，不盡然合乎常理。

　　比較嚴謹的一首「以詩論詩」，該是寫於1970年代末1980年代初的〈萬法交徹〉。為此，杜國清另有一篇論文〈萬物照應東西交輝〉詳述之（詩集《情劫集》，頁123-133），其要點為：作者特意發揮華嚴哲學的奧義，取因陀羅網的妙喻，說明宇宙間萬物存在，皆因緣而起，相由相作，互為因果。將此「一多相即，事事無礙」的哲學觀，呼應波特萊爾奠立象徵主義詩潮的豐富審美原則的〈萬物照應〉一詩，既有領會，亦加以融匯，「構成了東西交會的象徵世界」，自然形塑杜國清的象徵詩觀。全詩如下：

〈萬法交徹〉

自然是一座華嚴的宮殿
天穹的羅網懸掛無數寶珠
燦耀出神明赫赫的星光
每一顆珠互影交照一切珠影
傳映出其他珠影的珠影的珠影……

詩人的心
遺落人間的一顆明珠
光射塵方圓照萬象

一迴轉峰色谷響聲姿繚亂
一輝映秋空片月晦明相並
一透亮海水澄明重生顯相

詩人的心
塵世迴轉的一顆明珠
觀照宇宙一念萬劫
一尺之鏡見百里影
一夕之夢縈繞千年

杜國清借用波特萊爾的〈萬物照應〉一詩起筆首行：自然是一座神殿，並將「因陀羅網」的世界「一多相即，事事無礙」，闡明「詩人的心／遺落人間的一顆明珠／光射塵方圓照萬象」、「詩人的心／塵世迴轉的一顆明珠／觀照宇宙一念萬劫」。這樣的轉轍，有禪師「一輪明月萬古長新」超脫的空靈。

## 四、詩情的極致

笠詩社三十位詩人在1986年2月集體出版「台灣詩人選集」三十冊，杜國清的書名《殉美的憂魂》，書末有四篇短文：《心雲集》、《望月》和《情劫》三書的序言或後記，第四文標題〈《殉美的憂魂》後記〉，此文，分三段，首段言選集編選的因緣；後二段，自述其詩是「殉美的憂魂」的顯現：「這是我的一個詩句，似乎尚能道出我這一生所追求的理想與憂愁，以及我的人生和詩觀所特別執著的一面。」又言其詩魂是「尋美而終於殉美的憂魂」。在〈《情劫》後記〉裡，也出現這樣的文句：「殉美的憂魂，竟不知悔改，仍在這茫茫塵世彷徨尋求理想的美夢。」（此篇後記寫於1984年6月，先收進《殉美的憂魂》，稍晚，才出版1990年台灣版《情劫集》與1991年中國版《情劫》）。可以說，在1980年代中期，杜國清已命定自己是「殉美的憂魂」。上述該文第三段，杜國清單獨冠上「殉美的憂魂」作為中國版《對我你是危險的存在》（即台灣版《愛染五夢》）書前的代序。中國學者白舒榮編的詩選集《毋忘草》（1992年）的後記標題也是〈殉美的憂魂〉。如是，「殉美的憂魂」不僅成了杜國清詩與愛情詩人的標誌，直

截講，就是杜國清身為詩人的標誌。

在〈詩的三昧〉，杜國清提出「驚訝、譏諷、哀愁」三詩質中，他認為「詩人能以前無古人的手法，表現出生命的哀愁，是詩所能給人的最大安慰，也是詩感動的最高境界。」詩人自甘尋美乃至殉美。不論尋或殉，全肇因於「情」與「戀」的極致。自然，情詩的寫作是杜國清詩業成果最多之類，估計，約佔創作量的六、七成。難怪1980年代中期之後，中國學者較集中於杜國清愛情詩的整理出版與研究。試摘幾位論者的評介。

北京大學汪景壽教授說：「杜國清在愛情詩的園地裡耕耘30年，他的詩作中大部份是愛情詩。有人把他譽為愛情詩人，是很恰切的。真摯濃烈，淒美哀豔，是他的愛情詩的鮮明特色。」（《尋美的旅人》，中國版頁137；台灣版頁172）。北京大學教授孫玉石教授說：「杜國清先生的愛情詩，可以說是略帶古典的浪漫情緒與現代的表現方式的一種奇異結合的果實。」（詩集《對我你是危險的存在》，頁204）出版社編審白舒榮女士說：「杜國清的愛情詩多作悲音，歡樂和成功的居少。」（詩集《毋忘草》，頁187）。安徽大學王宗法教授說：「《玉煙集》是台灣著名旅美詩人學者杜國清先生作於80年代中期的一部愛情詩集。……《玉煙集》的橫空出世，不僅是海外華文詩壇協奏的美妙和聲，而且是走向世界的華文心詩創作之重要收穫，意義不凡。」（《昨夜星辰昨夜風——《玉煙集》綜論》，頁7）。

在此之前，台灣學者評論家對杜國清也提出另些看法、趙天儀教授認為：「他毫不隱瞞地把愛情加以深刻地體驗與表

現，且流露著詩的餘韻。」（趙天儀：〈追求、體驗與表現
──論杜國清的詩〉，《心雲集》，頁151）。最能掌握杜國清
情詩寫作的，應屬李魁賢了，他說：「由於耽美傾向的本質，
杜國清一直處理為情所困，為愛而心焦、煎熬的歷煉，以此探
求人間至情至性的愛情。」（李魁賢：〈論杜國清的詩〉，
《台灣詩人作品論》，頁160）

　　因尋而殉，自然是現世。「我的愛只有現在／沒有過去沒
有未來」（詩〈愛的色彩〉，《愛染五夢》，頁119），詩句如
是，他還表明「愛情詩的人間性」（《愛染五夢》，頁300）。
此外，刻意寫出〈希臘神弦曲〉十二首的詩，說明了他對古希臘
人「現實性」的認同。由此，看得出杜國清是浪漫主義的現世詩
人，不信輪迴，生活當下，看重今生，樂於感受「殘」與「哀」
的情境。詩集《情劫集》，呈現作者情癡難捨的心痕印記。在
〈廢井〉一詩，儘管直言：「過去的讓它過去吧」、「褪色的讓
它褪色吧」，仍沉溺在「啞然哀喊」的戀舊，難以自拔的回憶漩
渦之中。〈殘香〉一詩，起筆直言：「既然不能挽回／你走吧／
與你同在的時日／纏成回憶的繭」，退居成繭，活在回憶中，即
使破繭成蝶，仍是「一隻　受傷的蝴蝶／追尋殘香　猝倒在／
你的腳印邊」。原來舊傷仍在，「追尋殘香」是念舊，此詩呈現情
癡的另一方式。
　　從1960年代12首〈島與湖〉、1970年代10首《伊影集》、
《心雲集》到1980年代《情劫集》與《玉煙集》，杜國清將自我
「情鎖」耽美主義，堆疊著浪漫情懷，訴說他的情傷、情逝，卻

永保癡戀，如〈憶影〉一詩兩曲：「我的心一面幻鏡祕藏著對妳的思念」、「我的心一座影堂／斜掩一盞不滅的孤燈／永燃著對妳的思念」（《情劫集》頁23、24-25）。不如意的戀情，造成了情傷，是難遣的悲情。失戀的痛苦，對詩文學的寫作者而言，是最肥沃的土壤。殘香、憶影，也是失戀的另一說法。詩人是記憶墓園裡的盜墓人，挖掘自己的傷痕，揭開未成熟的瘡疤。這也印證詩人杜國清為自己的情詩下注：「悠悠天地，無常人生；這種天荒地老的生哀死愁，我一向認為是抒情詩的最高境界。也可以說是我這些歷劫的作品所希望表現的詩情的極致、」（《情劫集》，頁121）。綜合以上的了解，莫渝在〈笠詩人小評〉乙文對杜國清的看法：「堅持浪漫主義的情懷，呈顯象徵主義的傾向，卻墜為唯美主義的實踐者，看得出西方波德萊爾和東方李義山匯流激濺的水花。」仍不失中肯。

## 五、結語

　　詩選集《殉美的憂魂》乙書的目次欄，杜國清提供了較明確詩集寫作年代，配合統計，詩的創作量約如下：《蛙鳴集》（1959-1963年）45首，《島與湖》（1963-1965年）36首，《雪崩》（1965-1971年）38首，《心雲集》（1971-1975年）52首，《望月》（1975-1978年）新作23首，《情劫集》（1978-1984年）50首，《玉煙集》（1984-1985。原名《玉生煙》）40首，後增至50首。至於《愛染五夢》詩集是杜國清的情詩選集，包含部分《玉煙集》，另外與桓夫（陳千武）合印的《剖伊詩稿伊影集》（1974年）中《伊影集》10首納入《心雲集》內。加上1991

年由中國文聯出版公司的《情劫》書中第二部「山河掠影集」51
首，初略整理，杜國清約有350首左右的詩作。

　　杜國清的情詩不似西方浪漫主義者，動輒百行以上的浩繁篇
幅，跟一般詩作同樣，大約在三十行以內，除了早期幾首長詩，
如：〈Pygmalion的獨語〉（裴格美良的獨語）、〈田園變奏
曲〉、〈滄桑曲〉，可以說是難得的較長作品，值得注目細讀。
「希臘神弦曲」12首與《玉煙集》既是杜國清的特殊情況下的產
品，也是情詩的延伸，足以東西交輝。如是，透過現實主義的浪
漫耽美，或耽美主義的浪漫情懷，更能傾聽出杜國清的詩文學主
軸，這是此集的編選指針。

2008年8月24日
收進《杜國清集》，台灣文學館，2010年1月

# 消隱在海上的異鄉人

　　跟拾虹交往不算勤，甚至談不上「勤」字。說泛泛之交，卻彷彿不像同詩社的伙伴。

　　他的第一本詩集《拾虹》，是趙天儀老師贈送的，時間1972年11月26日。那時，我非笠社同仁。明確地講，是《笠》詩刊讀者兼偶爾的作者，且已經是「後浪詩社」的成員，但請益趙老師居多。那個時間點，同時獲贈另幾冊同一版型的「笠叢書」。之後，斷續從詩刊裡的評論文章，印證他寫的幾首評價頗高的詩作，如〈寄給戰場〉、〈星期日〉、〈拾虹〉等。大約1980年代某次笠年會或笠的聚會，與他有所言談。他直言稱我「八爪男」，我尚未領會其意，就扯到別事，及與他人交談。

　　比較認真讀他的詩，要到上個世紀末，應《國語日報・少年版》主編秦嘉華小姐之約，撰寫「新詩解讀」專欄時，挑選他的〈寄給戰場〉一詩，刊登1998年7月9日，標題〈你的子彈裡有我的思念〉，稍後重登《笠》詩刊209期，及收進拙著《笠下的一群》（1999）。之後，又登載美國《台灣公論報・第8版・NO. 2044》2004年11月2日「20世紀台灣新詩選讀」專欄。

　　2006年台北詩歌節活動，主辦單位以「我的世紀詩選」為題，邀約十位詩人，自歷來台灣現代詩中選出十首私愛作品，加上一首自選作品作為呼應。我因《笠》詩刊主編受邀，挑選了包括拾虹〈桅杆〉在內的十首詩，原因是「追尋夢想」。加上前一

年2005年底《複眼的思想──戰後世代8人詩選》出版，拾虹是八駿馬之一。詩歌節活動的主辦人鴻鴻曾e-mail讚許拾虹的詩。這大概是笠詩人之外聽到的欣賞聲音。

2006年春，應台灣筆會策劃「台灣詩人選集」委託，負責編《拾虹集》詩選與撰〈解說〉。希望得知拾虹近作或新作，與拾虹聯絡多次，並不是很順利，常常是他從中國回來，碰巧在台時之際，才聽到他的聲音，也得知其簡略狀況，但不夠明確與詳盡。《拾虹集》共選詩53首，〈解說〉一文，另加標題〈從海上歸來的浪子〉，文中，我引錄法國詩人波德萊爾（Charles Baudelaire, 1821-1867）在散文詩〈港口〉，對照拾虹的幾首有關海的詩。

去年10月底，得知其不幸事，深感意外。翻閱他發表在《笠》詩刊的幾首詩作，有幾期都冠上「異鄉人之夢」：48、51、53期。51期（1972年10月15日）的兩首詩：〈鄉愁〉、〈烏鴉〉未選入其自選詩集《拾虹》與《船》，以及幾冊與笠有關的詩選。究竟是他的棄詩抑佚詩？

重閱冠上「異鄉人之夢（續）」的這兩首詩。首先，這兩首詩都由另一動物引發。詩人的「鄉愁」肇因「從山的那邊飛來的／一隻蚊子／在屋子裡／不停地徘徊」，〈烏鴉〉一詩「從故鄉的屋頂上／突然飛起一隻烏鴉／在夢裡出現」，至於聽得懂烏鴉的叫聲，則是「母親告訴我」。拾虹所稱「異鄉人之夢」還是牽繫著「故鄉」與「母親」。誠如他在〈桅杆〉詩所言：「站在小小的土地上／伸長著脖子眺望／遙遠的故鄉／我們是依賴著做夢而活下去的人」。不論身在他鄉或家鄉，「我們是依賴著做夢而

活下去的人」。其次，就標題，我聯想到波德萊爾的另一首散文詩〈異鄉人〉。波德萊爾與拾虹的社會人行蹤是否有某種聯結？為什麼海與異鄉人，會糾纏著詩人？詩人天性使然？拾虹不曾在文字上留下蛛絲馬跡。

謎樣的拾虹，在詩集《船》序末尾：「船駛出了港口，漂流在海上，追逐著歷史的水平線。」嚮往、追逐海洋而自溺於海的悲劇，做為社會人，他讓親人哀痛朋友惋歎；做為詩人，這是他求道得道求仁得仁的行迳嗎？

究竟拾虹是異鄉人抑浪子？生前不曾詳知，今後更無從告知。從期待詩人拾虹自海上歸來，到異鄉人拾虹消隱在海上。無常的生命，只因有情，讀其留下的單薄詩冊，更萌生無限感懷。

2009年2月27日
《笠》詩刊第270期，2009年4月15日，「懷思拾虹專輯」

## 【附錄】搭船遠行——送詩人拾虹

　　詩人是走船人
　　習慣搭船看海遠行

　　詩人是軍士
　　持槍瞄準愛情的標靶
　　扣住女子的心

　　詩人是幽浮
　　飄蕩夜店
　　暫時安頓流浪的行踪

　　詩人是無定影的靈感
　　出現在任誰都料想不到的時刻

　　詩人是雨後的彩虹
　　留希望給人間

2008年11月10日

《笠》268期，2008年12月15日

重登《笠》270期，「懷思拾虹」專輯，2009年4月15日

# 陳填側影

　　詩含隱喻，人有多樣。「詩」人寫「詩」可以展露多重性格。詩，是詩人的密碼；詩人的密碼是要溝通聯繫，需要高度的解碼機。社會活動人陳武雄是農經專家，前政府官員，曾經折衝國際，爭取加入WTO（世界貿易組織），並以詩集《入關》犒賞自己。富談判經驗的陳武雄教授，任教大學「危機管理與談判」課程，講授人際關係、危機意識的警訊及處理方式。志工陳武雄涉獵佛法與禪修，擔任法鼓八式動禪義工講師，推廣生活禪。詩人陳填樂在寫詩，是具有詩文涵養的閣員，寫了二十幾年的詩，肯定「詩是我的自我獎賞」。進入新世紀，從社會人添加新名號「詩人」，出版詩集《入關》、《誰來點上燈》、《陳填詩集》等，還要繼續展示「內心自然的映影」。詩人陳填朗讀〈草原上的對話〉，將廣大的草原和電線桿拉進室內，進行獨特卻親密關係綿綿細語。 詩人陳填有凡人的憂愁，講出凡人的不及：「緊緊的我，抓不住我的愛」。

刊登《台灣現代詩》第16期，2008年12月25日

## 【附錄】讀陳填的〈草原上的對話〉


電線桿：多麼空曠的草原啊！
草原：請低頭看看，生命有很豐富的訊息


電線桿：我聳立草原，眼望天邊
草原：你孤獨的身影，我已熟悉


電線桿：草原的少年騎馬奔馳，多麼瀟灑！
草原：那是當下的感覺


電線桿：走了2000公里，旅人讚嘆我連延無際！
草原：因為他不看個人的關係


電線桿：我每天傳送現代化的訊息
草原：不要忘記草原四季的變化


電線桿：我的貢獻比你大
草原：去問問開疆闢土的馬匹


電線桿：群馬飛奔而過，我不會被馬踐踢
草原：沒有他們，我們無立身之地

電線桿：牧羊人生活和你一樣單調！

草原：他們的日起日落一天也沒少


電線桿：再不下雨，草就要枯死了！

草原：讓我們一同等待，就有好消息


電線桿：我站的比你們久，比你們高

草原：我們家族在這裡已經幾世紀，有一天

你會躺在我柔軟的懷裡


電線桿：經過的旅人說我永遠忘不了你！

草原：請他們再吸一口烈日下乾草的芬芳


電線桿：旅人用什麼和你說再見？

草原：草原不需要記憶

　　　　原載《台灣現代詩》第8期，頁22-3，2006年12月25日


　　最初閱讀這首詩，直覺想到印度泰戈爾《漂鳥集》的幾組對
話小詩，如第12首〈海水與天空〉的對答：「海水呀，你說的是
什麼？」「是永恆的疑問。」「天空呀，你回答的話是什麼？」
「是永恆的沉默。」第86首〈花與果實〉的對答：「你離我有多
遠呢，果實呀？」「我藏在你心裏呢，花呀。」……等。提出個
人的閱讀經驗，絲毫無影射陳填這篇作品的雷同與否。

　　這首詩是陳填到蒙古的旅遊印象。這些對話僅僅是一組一組

（兩行一組）分別的不同時空的聊天，還是有強烈的聯結，有待進一步討論。

「電線桿」是文明，是新住民，「草原」是原始，屬原住民。彼此可和諧，亦可對立。在這裡，「電線桿」的出言，大都以作者的遊客立場，有他新鮮驚奇的眼光，同泰戈爾詩句一樣充滿智慧、哲理與省思，組成作者特殊的表現形式。

現有的12組對話，都是「電線桿」發問，「草原」回答，且各組不盡聯結，依此，可以繼續對話；另一方面，既是對話，缺乏「草原」發問，「電線桿」回答的形式；從這角度著眼，這首詩仍有很大的拓展與延伸的空間。

結尾：「草原：草原不需要記憶」。突顯游牧民族的豪邁性格。陳填另有一首〈草原不需記憶〉的詩，應該是延續之作，很能掌握草原文化的特色、儀式與精神背景。

刊登《台灣現代詩》12期，2007年12月25日

**【附錄】我的鄰居是詩人**
　　　　**——賀詩人陳填（陳武雄）入閣農委會主任委員**


　　我的鄰居是詩人
　　發表過許多感人的詩篇

　　我的詩人鄰居是高官
　　在春天的時候，榮登閣員
　　推動他的理想政策

　　詩人寫詩詞靠感覺
　　高官提政策要理智

　　在春天的時候
　　詩人陳填寫好詩
　　高官陳武雄發表農業白皮書

　　詩人出版過兩部詩集
　　想換一換點子
　　高官提升農民生活
　　要動一動腦力

　　我的鄰居寫詩也當官
　　全體農民都跟著來寫詩也有機會當官

共同
完成一部《台灣農事詩》

2008年4月28日
刊登《笠》詩刊266期，2008年8月15日

# 蘇紹連的詩解說

## 一、小傳與詩的出發

蘇紹連，曾用筆名管黠，近期常用筆名米羅・卡索、卡車斯基。1949年12月8日出生，台中縣沙鹿鎮人。1970年台中師專畢業後，回家鄉，任教沙鹿國小，至2002年8月退休。文學活動方面，1968年，與師專同學洪醒夫、蕭文煌等籌組「後浪詩社」，進行校園文學活動。1971年，與林煥彰、辛牧、喬林、施善繼、蕭蕭等共組「龍族詩社」；未久，1972年，退出龍族，重整「後浪詩社」，發行《後浪詩刊》出十二期後，改版易名為《詩人季刊》，共出十八期。1992年，與向明、白靈、渡也、李瑞騰、蕭蕭、游喚、尹玲等八人共組「台灣詩學季刊」社；目前在網路設有「意象轟趴密室部落格」http://blog.sina.com.tw/poem/及「吹鼓吹詩論壇」http://www.taiwanpoetry.com/phpbb3/index.php網站，並擔任《台灣詩學・論壇》主編，結合網路與平媒，已出版至第八期。

1969年1月《創世紀》詩刊29期出版後停刊，「創世紀詩社」散夥。隔年，部分成員集結包括「現代詩社」、「南北笛」、「詩隊伍」等另一批外省籍詩人，合組「詩宗」社，以叢書方式發行詩刊。「詩宗」之名，仿效武林，自有詩壇盟主的雄霸之氣。「詩宗」叢書第一號《雪之臉》於1970年1月24日出

版，列入仙人掌出版社「仙人掌文庫CA57」。該期刊登了蘇紹連的〈茫顧〉，是他1969年10月寫的，由同學洪醒夫轉交給台北周夢蝶（當時是武昌街騎樓書報攤負責人），周激賞之餘，再推薦至「詩宗」社。該期尚可見到辛牧、羅青、林鋒雄等同輩詩作。蘇紹連的詩首次發表，驚豔了主事的一夥。這時，蘇紹連是台中師專五年級（等同大學二年級）學生。畢業前後，繼續在「詩宗」叢書第二號《花之聲》發表〈秋的夢土〉，叢書第三號《風之流》發表〈地上霜〉。此後，蘇紹連持續創作，縱橫詩壇，屢獲多項詩獎，如：「創世紀二十週年詩創作獎」（1974年）、第四屆中國時報文學獎敘事詩佳作（1981年）、第五屆中國時報文學獎敘事詩優等獎（1982年）、第六屆中國時報文學獎新詩評審獎（1983年）、第七屆中國時報文學獎新詩評審獎（1984年）、第十一屆中國時報文學獎新詩首獎（1988年）、台灣新聞報西子灣副刊文學獎新詩首獎（1989年）、第十三屆中興文藝新詩類獎章（1990年）、聯合報文學獎新詩獎（1991年）、1996年度詩選詩人獎、台中縣文藝作家協會頒文鋒獎章（1997年）等；另有聯合報小說獎極短篇獎（1980年）；1990年，同時獲得十七屆洪建全兒童文學獎童話優選與童詩優選。

從1970年代起，蘇紹連已出版詩集《茫茫集》（1978年）、《河悲》（1990年）、《童話遊行》（1990年）、《驚心散文詩》（1990年）、《隱形或者變形》（1997年）、《我牽著一匹白馬》（1998年）、《台灣鄉鎮小孩》（2001年）、《草木有情》（2005年）、《大霧》（2007年）、《散文詩自白書》（2007年）等十冊及待結集出版數冊；童詩集《雙胞胎月亮》

（1997年）、《行過老樹林》（1998年）等；兒童寫作指導專書
《兒童樹》（1986年）。

## 二、詩貌的多變

　　蘇紹連起步的詩作：〈茫顧〉、〈地上霜〉等，隱伏著往後
創作的元素：悲劇的演出。〈茫顧〉裡言：「我原想長成月亮
或者太陽，但我種下的卻是一粒不會發芽的星，在心中慢慢成
屍」，願望未成型即胎死腹中，「我將把雙手丟上哭泣的臉」，
掩飾的哀傷，以及「家啊，……災後一片淒涼區」，即使虛擬，
予人的是無法展眉的痛楚；〈地上霜〉言一地的霜是：「哭著
要回去的月光」，想動身啟程，卻「臥於血流，斜斜地流入天
河」，受血泊羈絆、困住，有翅難飛的宿命悲劇。這樣的元素，
幅射式地滲入蘇紹連的創作思維。

　　生命是一條河流，究竟是幽靜長河，抑波瀾不止的大河，還
是悲劇之河？主要取決個人的人生觀。「自有歷史以來，人類
的生活大都苦難，生命終究短暫，世事變幻無常，悲劇一再重
演，任何一條河流的兩岸，都可目睹到生離死別的人世。」（詩
集《河悲》，頁121），這樣「人世悲劇觀」的體悟，讓蘇紹連
「陷入一種哀怨悽惻的情緒中」，用28個月的時間，共完成《河
悲》系列約八十幾首，先後發表於1972、1973年間的《龍族》詩
刊、《創世紀》詩刊、《詩人季刊》等，集錄六十首成冊，他自
言「是我終生追求的大河型作品之一」。大河型等於小說界大河
小說江河小說的說法。這種企圖，也印證蘇紹連幅射寫作的雄
心：全心一系列足以包羅萬象的思維與書寫。《河悲》一集算是

蘇紹連詩業的第一項文學工程。河，何以悲？有河本身受大自然
摧殘的悲，有人為禍害產生的悲。《河悲》詩集裡的景象甚少大
自然摧殘的悲劇，「以夫妻為主體演出《河悲》中的每一齣悲
劇」，《河悲》集裡，每一詩裡，大都出現夫或妻生離傷亡的悲
劇，可以說是人世的寫照。就書寫形式看，作者有意用精簡的中
國《詩經》體四言詩描繪一幅幅悲慘畫面，演出一齣齣悲劇。試
看〈雨的幻象〉：

　　　　片片火焰
　　　　出入雨中
　　　　一隻槍聲
　　　　在眼中墜

　　　　一束餘煙
　　　　呼吸黃昏
　　　　朵朵荷香
　　　　沿血而流

　　　　兩岸行人
　　　　撐千把傘
　　　　圓轉的風
　　　　七彩五色

　　　　天空消逝
　　　　河水奔回

燈在鐘處

傳來雨淚


　　雨中出現火焰，是戰爭的景象，藉「荷香」輕調的語氣，以
及撐傘行人的悠閒與顏彩淡化戰禍，詩人不直寫慘狀，僅在二、
四節的末字，分別用「流」、「淚」，隱藏傷心哀痛。雨的幻象
即是戰爭的實景。這首詩，與標題〈戰爭雨〉互有呼應。再看
〈白色的歡愛〉：「用妻的髮／去採白花／妻啊／早該生產／夫
的白髮／／妻墓／／一堆白花／插入床中／妻啊／不再養育／夫
的歡愛」。這是一首形式整齊帶有圖象的詩。情愛中的夫妻，原
本期待永浴愛河，白頭（白髮）偕老；女方先走，獨留未老的
「夫」，演變出某種尷尬。妻的墓塋置中，前聯（右側）是妻的
懊惱，無力見其衰老白，後聯（左側）是夫的懊惱，再多的「白
花」，無法滿足「歡愛」。詩題〈白色的歡愛〉，白色，是慘淡
的白色。


　　除中國古典詩句的轉移，1950、1960年代存在主義盛行，受
思潮席捲的洗禮下，出現人性荒謬、行為疏離。被評論家李英豪
合稱「異客與老K」的兩位文學家：《異鄉人》作者卡繆（Al-
bert Camus, 1913-1960）與《城堡》作者卡夫卡（Franz Kafka,
1883-1924），作品風靡台灣學界文壇。卡夫卡的短篇小說〈蛻
變〉（變形記）影響蘇紹連深遠，尤其是散文詩的書寫。先看與
《異鄉人》同題的詩：

〈異鄉人〉

一個人，也許是姿勢難看，才成為一支枴杖
行走時，兩邊的手流著淚，也許是一種疲倦
也許那人是一條漫長的路
看看天空
總在翻起破舊的鳥聲
總在一架飛機下
聽到嬰兒的臉

向自己的眼睛裡掉落
路上連綿的鞋印
也許是那人的姿勢的
繁殖
開滿
沉重的嘴唇，垂倒下來，吻著衰退的泥土
垂倒下來，深深埋入你我的手裡

　　這首詩發表於《秋水》詩刊第6期，1975年4月1日的作品，
收進詩集《我牽著一匹白馬》的首篇。此時，《河悲》系列形式
主義的書寫停止，二段式散文詩已定形，且具規模，傳統的分行
詩仍持續發揮。詩內容與卡繆小說無關，取此為題，突顯的該
是「人」存在的困境與孤單的悲涼。「異鄉人」走著「漫長的
路」，人與路是互相取代的語詞，路有多長，走路的人就承受多

長的磨鍊；不見人身，只有「一支枴杖」，而且「手流著淚」，「淚」，充斥在蘇紹連的許多詩中。不見人影，只注意「連綿的鞋印」，連飲食說話的嘴唇，都感覺沉重。整首詩彌漫著倦、累、沉，難以道說的淒楚。

進入1980年代中期的後現代主義魔幻主義，敏感的蘇紹連自然有所吸納傾吐之作，發表於1996年10月6日《自由時報・自由副刊》的〈夜雨〉，隨即同副刊的10月28日出現了回響，由林輝熊撰寫〈一首魔幻寫實的詩〉，認為「這是近來描述白色恐怖的詩裡，最具魅力的一首。……讓我穿越魔幻寫實的密境，從神祕的美的文學形式中，得到一種全然的暢快。這是一首難得的只有『人』而沒有『政治』在裡面的詩」。〈夜雨〉一詩24行，「我」站在「九十年代末期」，望著夜雨舖織「黑色的地氈」，祖父出現，「走過歷史的圖書館和哲學的廣場／走過思想的牢獄和生命的鐵道」，隨後，「路被夜行的警車抓走／世界便沒有路可走」，祖父跟著沒路可走，「他沒有走回自己的家門」，一直隱失在歷史的黑洞，我只能藉著偶爾的「閃電」，才見到他的人影，且確認「他是我的祖父」。

我們的祖父輩，父執輩，出現於1940、1950年代台灣菁英份子，就在無情的「夜雨」裡失蹤。「黑夜流著淚吻著路燈的臉頰」，「我」沒有哭，讀者能不流著淚嗎？當杜甫「感時花濺淚，恨別鳥驚心」，藉外物代為紓發內心的劇痛，蘇紹連同樣讓黑夜、讓夜雨哭泣人間悲情。

　　《童話遊行》和《台灣鄉鎮小孩》兩部詩集，看似與小孩互動的詩書，唯文字書寫流露蘇紹連式的內省審視的強烈筆觸，不夠淺顯明朗，倒是〈畫冊〉組詩7首，融合指導兒童畫的口吻，來得親切平易些。介於兩者之間的〈風的手〉乙詩，副題「給沙鹿的孩子」，發表於1985年4月4日《中國時報·人間副刊》時，標示「兒童節獻詩」，不失為詩人蘇紹連與沙鹿這塊他的出生地成長地，也是他給予教育愛場域最誠懇最親切的一件禮品，更展現文學家蘇紹連與土地交融的胸襟。全詩40行，不均等的分成4節。起筆「風，伸出手／牽著你們奔跑」，開始一段隨風飛行，而且「只有被風牽著」才能「飛呀！跑呀！」，首節8行語氣平和，鼓勵「個體」動的意願，催連次節15行「人間面」的活動，風的手「向大地的每一個角落伸去／把每一幢房屋的門窗都打開」，眾人跟著到原野去，更有趣的是，風的手「伸進你們的嘴裡」，拉出微笑，拉出歌聲，「和快樂握手」，原先「牽」的手已轉為「握」的手。第三節9行，要握的手「交互連結」，進而，握住「自然界」的各種物象：樹、雲、山、朝陽、天空、大地、明天……等，彼此既握也伸，「握著所有的希望」。末節8行，借大家的手傳遞一份令人興奮的消息：「安徒生伯伯和楊喚叔叔都回來了。」安徒生童話與楊喚童話詩，都是台灣孩子成長時期的精美讀物，他們沒有快樂的童年，卻將歡樂帶給普天下的人。蘇紹連回憶自己的閱讀歷程，說：「我十幾歲到二十幾歲之間，讀到安徒生的童話與楊喚的詩，受其影響頗深，……行走詩路多年，我常不自覺的懷想著楊喚，不只喜愛他童話詩的風格，更喜愛他在童話詩中對兒童的關愛。」（詩集《台灣鄉鎮小

孩》，頁219-220）。這首詩，由「點」的伸手牽手，到「面」的握手，散播了希望與歡樂；重要的是，先伸出手。風的手，其實就是愛之手，當然也是作者施愛的方式，同時傳達了自己心儀仰慕的文學人與閱讀經驗。

讀蘇紹連的詩文學，看似無情，實勝有情。表面文字陰鬱乾硬，其內心懷抱深情，不時為此掉淚，或許有濫情之疑，卻不無洗滌之效。「淚」的意象出現不同階段的寫作，值得進一步探究，此處暫略。有淚，自然有情，對孩童的情，見之〈風的手〉、《台灣鄉鎮小孩》等詩；親情，見之〈父親與我〉、〈夜雨〉等作；國家鄉土之情，見之〈三代〉、〈蘇諾的一生〉、〈鄉土，你是我的畫面〉、〈岸，你沉沉的睡著〉等作。《草木有情》乙集，更見識蘇紹連的博愛之道。土地培植草木，孕育詩人；詩人關愛草木，回報土地。在這部詩集，詩人挑選六十五種花草組成六個家族（分六輯）的「草木部落」，展示詩人的真摯；站在土地上，情人般的和植物交談。草木有情，因為詩人靜觀自得的真情；草木有詩，因為詩人自言自戀的投影。每一種花卉，詩人賦予等值的生命與活勁，跟詩人比鄰並坐，相憐相惜且相知相愛。

## 三、散文詩的變形與隱形

台灣詩壇對蘇紹連的詩文學活動，較喜歡注意他的散文詩。對此，他本人頗有微詞：「我的詩作數量，其實散文詩約只佔五分之一，但詩壇卻把我定位於一位擅長寫散文詩的作者」（詩集《隱形或者變形》，頁227）。事實上，因為表現最獨特突出，

成果最豐碩，免不了受到最強烈的矚目。然而，散文詩的寫作仍貫穿其整個寫作歷程。試依其書寫與出版的相關集子，大約可分成四個年代四階段：

　　1. 1969-1974年：《茫顧》時期

　　2. 1974-1978年：《驚心》時期

　　3. 1990年代初：《隱形或變形》時期

　　4.新世紀初：「多種實驗體散文詩」時期

　　第一階段《茫顧》時期，蘇紹連經營散文詩的形式，採取比較鬆散的自由分段，如〈茫顧〉、〈秋的夢土〉、〈地上霜〉等。直到《後浪詩刊》改版為《詩人季刊》的創刊號（1974年11月25日），推出〈壁燈〉、〈螢火蟲〉、〈吊在天花版的電扇〉、〈獸〉等「驚心四首」，展開這系列的獨門書「驚心系列」，獲得比較得心應手的二段式創作設計，也使他成為商禽散文詩的接班人，甚至青出於藍更甚於藍。這種精心設計的兩段結構：前段為命題，事件發展的敘述；後段為結論，點明主旨，中間省略的過程，類似超現實的跳躍思考，使前段的景象描繪，產生憾人心弦的戲劇——驚心，驚悚效果。蘇紹連自白：「我彷彿先置身於一幅詭異的畫前，或置身於一個荒謬的劇場中，再虛構現實中找不到的事件情節，營造驚訝的氣氛效果，並親自裝扮會意演出，把自己的情緒帶至高潮，然後以凝聚的焦點做強烈的投射反映，透過綿密的語言文字寫作，最後才完成了一首首《驚心》系列散文詩 」（詩集《驚心》頁142），這段話透露兩點訊息：六十首《驚心》散文詩是六十幅詭異畫，六十座荒謬劇場、驚奇劇場。

約隔十年，蘇紹連以「隱形或變形」投入第三階段的散文詩，以卡夫卡的「變化」（蛻變）、物化的轉退過程，其產生的悚厲如故。整部《隱形或者變形》135首作品，有89首延續前一輯兩段式的書畫模式。另有幾首一段式的書寫模式，似乎隱伏著第四階段「多種實驗體散文詩」的延伸。

　　林燿德在〈黑色自白書──蘇紹連風格概述〉，結語：蘇紹連「有其不易的根本個性，那就是他沉抑的悲劇意識和陰冷的觀物態度」（詩集《童話遊行》，頁249），多少亦以「驚心系列」為論調。「陰冷」的冷，究竟是「冷靜」抑「冷默」？或兩者兼具。莫渝則指出這階段的蘇紹連散文詩，「只有秋冬的淒涼暗鬱，沒有春夏的似錦繁華，給予讀者的不是喜悅，而是省思──驚心的省思。」（莫渝著《閱讀台灣散文詩》，頁115）。


　　本集編選大體兼顧蘇紹連各時期的詩作，唯《童話遊行》和《台灣鄉鎮小孩》二書未選，前書係長詩得獎之作，僅選〈深巷連作〉17首組詩之2〈繭〉，跟《台灣鄉鎮小孩》類似者，以未集錄任一詩集的〈畫冊〉和〈風的手〉取代之。整體看，應能掌握蘇紹連四十年來創作的貌樣與精神內涵。

四、結語

　　詩，究竟是藝術抑魔術？詩人是語言文字藝術家抑魔術師？
　　令人驚奇、驚豔、驚心的蘇紹連，寫作初始的取材中國古典詩的元素，《河悲》集的四言詩句脫胎自《詩經》，晚近「古詩

變奏曲」部份也是衍自唐詩，然而，蘇紹連他不是古籍的研究者，他以藝術家或魔術師的創造與變裝，賦予新面樣，而且，中國古詩只是其詩營養的一小區塊，他有更大的園區容納了台灣歷史場景與時空背景，喜愛繪畫藝術的學院素養與教學經驗，開拓了他在文字表達的布景需求。筆名米羅‧卡索，結合了20世紀西班牙兩位傑出畫家米羅（Joan Miró, 1893-1983）的夢幻與畢卡索（Picasso, 1881-1973）的多變，對照蘇紹連詩風的轉化，也會有所印證。

　　蘇紹連在《隱形或者變形》的後記〈三個夢想〉，提出其潛藏的寫作意識是：隱形、變形和定形，前二者「隱形或者變形」的觀物觀人方式，讓他完成「散文詩」的作業，第三個夢想是「定形」，他願生生世世成為一個單純的寫詩人。

　　「單純的寫詩人」卻產生了詭譎多變的詩風，「散發著獨特而不可逼視的光芒」（白靈的讚語），吸引不同世代讀者的仰慕。

收進《蘇紹連集》，台灣文學館，2010年1月

# 渡也的詩解說

## 一、小傳與拜燈的虔誠文藝少年

　　渡也，本名陳啟佑，另有筆名江山之助（1986年啟用），1953年2月14日出生，台灣嘉義人。中國文化大學中文研究所博士。執教於國立彰化師範大學國文系19年，2005年夏退休，轉任教致遠管理學院；2008年8月起，轉任育達技術學院應用中文系專任教授。1972年，高中時代與友人合辦文學刊物《拜燈》，開始創作，曾一度加入「創世紀」詩社，讀研究所，介入文學評論，除中國古典文學研究，也探討及撰述新詩理論，持續迄今。1992年，與尹玲、白靈、向明、李瑞騰、游喚、蕭蕭、蘇紹連等八人共組「台灣詩學季刊社」。著有詩集《手套與愛》（1980、2001年）、《憤怒的葡萄》（1983年）、《最後的長城》（1988年）、《落地生根》（1989年）、《空城計》（1990年）、《留情》（1993年）、《面具》（1993年）、《不准破裂》（1994年）、《我策馬奔進歷史》（1994年）、《我是一件行李》（1995年）、《流浪玫瑰》（1999年）、《地球洗澡》（2000年）、《攻玉山》（2006年）等；兒童詩集《陽光的眼睛》（1982年）；新詩評論集《渡也論新詩》（1983年）、《新詩形式設計的美學》（1993年）、《新詩補給站》（1995年）等二十餘種；中國古典文學論著：《遼代之文學

背景及其作品》（1979年）、《花落又關情——中國古典詩歌中
的詠物》（1981年）、《唐代山水小品文研究》（1985年）、
《普遍的象徵》（1987年）等。

　　三十幾年來，渡也屢獲多項獎項，如：教育部青年研究發明
獎（1977年）、聯合報極短篇小說獎（1979年）、第四屆中國時
報敘事詩獎（1981年）、第八屆中興文藝獎章（1985年），中央
日報新詩首獎（1986年）、中華文學獎敘事詩首獎、民生報兒童
詩獎等。

　　1969年1月《創世紀》詩刊29期出版後停刊，「創世紀詩
社」成員張默與沈臨彬、管管三人於1971年1月在左營創辦兼主
編《水星詩刊》雙月刊，四開報紙型。少年渡也在每期詩刊露
臉，即受到張默賞識，首先是作品選入《新銳的聲音——當代25
位青年詩人作品集》（朱沉冬、沈臨彬、管管、張默合編，三信
版，1975年3月），張默在選集〈序〉長文裡特別推薦〈雨中的
電話亭〉：

　　突然

　　以思想擊響閃電的
　　鮮血淋漓的玫瑰啊

　　凋萎

這首四行小詩刊載《水星詩刊》第六號（1971年11月），此時渡也就讀省立嘉義高級工業學校。張默在〈序〉文說渡也：「他的語言的進行式是跳躍的，激盪的，更且也是凝固的，壓縮的，它似乎達到了詩語言的第一個目的——『精省』。」（前書，頁11）。接著，張默在《幼獅文藝》1976年11月發表〈詩壇新銳（一）〉，文中敘及〈渡也——一記拔尖的高音〉裡，再度讚美此詩是「一首非常突出的作品」（張默：《無塵的鏡子》，頁146）。

渡也出現《水星詩刊》之際，在嘉義地區編輯一份綜合性雜誌：《拜燈》雙月刊，登載詩散文小說評論，第一號出刊於1972年1月23日，撰稿作家有：陳千武、管管、林煥彰、傅敏（李敏勇）、蕭蕭、沙穗、林南（黃樹根）、陳鴻森、朱陵、牧鳳……等，這雜誌有12位社員，社名「拜燈雙月刊社」，由尹凡、渡也負責編輯，僅出刊一期。兩位嘉義同鄉的編輯，也是詩人，情誼彌篤，三年後，雙雙選入《新銳的聲音》。尹凡著有詩集《牆有琴》（1997年）、《吹皺一池海市蜃樓》（2000年）。從青少年隔若干歲月，渡也寫〈我的朋友開高級家具店——獻給尹凡〉（詩集《我策馬奔進歷史》頁160-61，嘉義市立文化中心，1995年6月）），尹凡回贈〈庭院山林——敬答渡也〉（詩集《吹皺一池海市蜃樓》，頁36-39，佛光藝文叢書，2000年1月），年輕時文學夥伴，年長互為酬酢，饒為文壇佳話。此外，尹凡有首9行詩〈旅客留言〉（詩集《牆有琴》，頁99），渡也於1986年7月17日在《聯合副刊》發表37行

詩〈旅客留言〉，孰先孰後，待考，如此同題詩的書寫，也算巧合。

## 二、中國文學的浸淫

1973年，渡也通過大學聯考，進入位於北台灣華岡的中國文化學院（今中國文化大學）物理系，隔年轉系改讀中文系，正式走上中國文學之路。對於有創作力的青年，可能不止想單純地鑽研中國文學古籍，他更想從中汲取創作的營養與素材。渡也，應有同樣的體認，原本詩與散文的寫作，添加了評論，包括中國古典文學、現代詩現代文學。

1976年11月，渡也在《中外文學》發表〈蘼蕪〉一詩，約四百字的散文詩（分段詩）。隔年2月，同樣研究中國文學的李瑞騰先生在張默主編的《中華文藝》72期「詩的詮釋」專欄，針對這篇作品，發揮近八千字左右的〈釋渡也的「蘼蕪」〉解讀，結尾認為渡也的「詩在本質上是承續著中國詩的抒情傳統，濃郁的基層底感情，往往就像浪花一般拍擊著我們的感官。」（李瑞騰著《詩的詮釋》，頁127-128）。蘼蕪，是一種香草，又名蘄茝，江蘺，據辭書解釋，苗似芎藭，葉似當歸，香氣似白芷。在台灣是否出產或可以見到，待查。渡也以此為題，衍自中國古籍居多。其詩篇裡有句「君批點過的唐詩」，並將魚玄機〈閨怨〉詩的首聯「蘼蕪盈手泣斜暉，聞道鄰家夫婿歸。」夾進詩中，且直言「那首，寒涼的閨怨」，可以見出端倪，同時，初步領會渡也的〈蘼蕪〉詩延續著古詩的閨怨。

因為浸淫中國文學，自然從這豐富的土壤汲取營養。渡也這首〈蘼蕪〉詩，收進其第一部詩集《手套與愛》第三輯「雪原」。「雪原」一輯為分段詩（散文詩）共有16首，跟中國古籍有關者，如〈雪原〉的「線裝書的寂靜裡」、〈春蠶〉、〈菊花與劍〉前引沈三白的話、〈牛郎與織女〉、〈落日〉的「縫緊妳生平未展的蛾眉」（衍自元稹〈遣悲懷〉詩句「惟將終夜長開眼，報答平生未展眉」）、〈潮汐〉的「抬頭凝望遙遠的京城」、〈江城子〉的副題「十年生死兩茫茫」（出自蘇東坡的詞〈江城子〉）、〈鴛鴦戀〉的「輕壓柳眉夢見春天的草原」、〈星星〉的「我辛苦地自唐朝帶回一卷李賀，要她細細批點」……等，或動作，或詩句，都沾染中國古典文學的風味。幸運的是，渡也將之活化成當代語言、當代背景，不是古詩新譯，而是渡也的新詩。當然，中國古典文學還會如影隨形的進入渡也的創作，因為那是乳汁、是養份，包括1988年收進國民中學國文課本第六冊的〈竹〉（詩集《憤怒的葡萄》，頁99-100，原載《中國時報‧人間副刊》1979年1月19日），還有古物民藝詩集《留情》之作，以及情詩集裡的〈美國化的乳房〉、〈中文系與英文系〉等更是，詩人本身也說「我與中國文學為伍」（詩〈土壤改良與土地研究——寫給父親〉，詩集《憤怒的葡萄》，頁1）。

### 三、社會寫實

　　渡也第一部詩集《手套與愛》，1980年出版，在〈自序〉裡有三個重點：

1. 「我的情詩……便是承襲中國文學的主要傳統……我的情詩和我的戀愛經驗其實是一體兩面，前者用文字描繪愛情，後者則以行動實踐愛情。」

2. 「近年來我的詩力求明朗淺白，受白居易詩觀的影響頗巨，使詩通俗化，流傳社會，讓人人能讀，人人能解，這也是我的希望。」

3. 「寫詩十載，流水十年間，發表三百餘首詩，幸能整理八十多首情詩結集出版作為我的第一本詩集。」

第三點，說明渡也的創作量與求好的態度，他希望主題集中，且一炮而響的站上詩舞台。早期作品留在往後的集子，如〈雨中的電話亭〉收進第二部詩集《憤怒的葡萄》；〈青樓〉、〈樹葉〉、〈秋葉〉、〈當月亮仰望〉等遲至2006年才納入詩集《攻玉山》。

第二點，詩觀的調整。他說：「近年來」，沒有明確年份，如以1980年往前推，大約是就讀中國文化大學中文研究所碩士班與博士班之際（1978、1979年），在此之前，渡也認為「名家之中影響我最深且鉅的首推商禽。……我和商禽擁有一共同的活水源頭──超現實主義。」（渡也：〈波特萊爾、商禽與我〉，刊登《台灣新聞報‧西子灣副刊》，1983年5月18日）；以及「……從語言、技巧及主題看，均具有濃厚的現代主義色彩……」（詩集《攻玉山》自序，頁10）。年少時，擁抱現代主義、超現實主義，之後，閱歷增加，詩風改變，轉向社會寫實，主張「詩的內容不深奧；題材盡量廣闊，關懷民生疾苦，剝析時代滄桑。」

第一點，直指本書特點：渡也情詩的集合。有趣的是，《手套與愛》印製兩次，兩種版本，1980年版封面書背封底，均加上副題「渡也情詩選」，2001年版則為「渡也情色詩」。情詩、情色，之間的區隔，僅僅時代演進的語詞認同與用法差異。1980年代前，「情詩」高雅，「情色」淫穢；1980年代中後期，台灣政治解嚴，社會趨向多元，藝文創作與翻轉形而下的禁忌破解，下半身書寫不再禁錮，「情色詩」一詞凌駕「情詩」，順理，「渡也情色詩」登上書籍封面。

還有，兩種版本各有不同序文，新版序標題〈愛情戰鬥機〉，更具火勁，說明渡也這些作品的前衛效力。詩集分三輯，前兩輯「情海指南」（18首）與「手套與愛」（52首），是「情詩」與「情色詩」，內容屬社會現象寫實之作。第三輯散文詩16首。

渡也以絕妙之筆揮灑出他的情詩（情色詩），他個人也深以為傲的表現，其表現伎倆有詼諧，有俏皮，有寫實。以〈隆乳〉為例：「從美容院買回來的／這兩顆三千塊的水梨／已裝滿了愛／我把它們／擺在床上／當你每晚的點心／深夜夢醒／親愛的／如果你還覺得餓／翻開棉被／就吃得到」。商品物化的女子，自古以來，不僅純悅己，更要炫耀人取悅人，包括大庭廣眾與親密枕邊人。本詩的取悅對象是「親愛的」伴侶，應有兩人實僅一人，從頭到尾，完全是作者虛擬女子的「自言自語」，「你」這個對象不言不語，甚至不在場。作者借「水梨」襯托當時（1970年代）隆乳手術的「水袋」，作巧妙的聯想，使的他的情色詩不至於淪為形而下。「水梨」意象，也出現在散文詩〈舞孃〉

裡：「她逐漸使自己長成一隻赤裸的水梨」（詩集《面具》，頁59）。〈乒乓球與躲避球〉、〈美國化的乳房〉、〈中文系與英文系〉等亦然。至於代表作〈手套與愛〉，應是他「獨門絕招」的卓越發現，藉由英文字母glove與love之間有趣的變化，達到生動的創意，類似者尚有〈鴿子〉的英文dove，〈紅桃〉的Q與K（由日文發音きゅうけい轉音）。

社會狀況層出不窮，包羅萬象，渡也似有信手點石成金的本領，任何題材都展現「妙筆生花」之竅。〈興隆路又有喜了〉輕柔地諷刺政府機關的顢頇作為：不時挖挖補補道路：「才過兩天哪／勇敢的興隆路／又到中華工程隊去墮胎了……／／才過兩天哪／失貞的興隆路／又有喜了」（詩集《憤怒的葡萄》，頁145），文句看似俏皮，實是無奈的諷刺。因此，白靈說「他是一名技術高超、槍法犀利的現代俠客」。由情擴展「唯情」乃至看透事物而僅存成「唯物」、「唯性」。發表《中國時報・人間副刊》1997年12月7日的〈他提著頭顱〉：

　　他提著空洞的頭顱出門
　　嘴巴咬著餐廳不放
　　眼睛留給花
　　腳，單獨回鄉

　　他提著空洞的頭顱出門
　　手，向過去揮別
　　心，早已捐贈出去

而本世紀最重要的器官

陽具，送給太太

包皮則留給另一個女人

（詩集《攻玉山》，頁110）

　　從疏離的人際到孤單個體的活動，演繹成榨乾人性的靈與心智，獨剩動物原始本能。如是書寫，或許有些俏皮，與投合的興味，難免有詩的墮落之嫌。

　　1988年起，渡也關注古董民藝，兼從事業餘古物民藝生意，面對同時把玩這些古董，詩人留下33件的文字記錄，收進詩集《留情》乙書，另有14首，收進《流浪玫瑰》。前書裡搭配古物影像，可以加深讀者的聯想；後者缺少圖樣，殊為可惜。在一則「小語庫」，渡也記下：「收藏古物數年，我很高興並沒有得到古物，只收藏了一個觀念：人與古物本來各自獨立，人永遠無法擁有、佔有任何古物。」（《聯合副刊》1986年4月12日），這觀念，他轉化作〈歷史〉與〈歷史的淚水〉兩首詩，收進《留情》集殿尾，〈歷史〉一作純心情表白，詩質稍弱，值得注意的是他著筆於那些古物，下筆成詩，有的一詩不夠，還出現兩篇，如〈馬鈴〉、〈三寸金蓮〉、〈天燈〉等。

　　「與古物相對／讚嘆，憐惜……」（〈歷史〉詩句），詩人筆下的描寫，經常流露歷史情懷；提及年代，跟中國有關的居多，或朝代，或國號，或年號，或年代，或人名或直言數字年，

如三百年、兩千年不等，讀古物也在溫習歷史。這四、五十篇「留情」詩，是渡也的詠物詩，此外，《落地生根》詩集的第二輯「盆栽研究」39首（末首〈我〉詩除外）也是，藉描寫植物花卉，將個己的情懷置入，以〈聖誕紅〉為例：

> 秋天剛過
>
> 它便開始引火自焚
>
> 朱紅色的火焰
>
> 燃燒一整個冬天
>
> 卻沒有灰燼
>
> 我和弟弟常蹲在它身邊
>
> 取暖
>
> （詩集《落地生根》，頁157）

短短7行詩，看似平淡，卻有三處不平凡的處理。「引火自焚」和「沒有灰燼」，都是習以為常的用語，對「聖誕紅」言，十分恰當；既有焚燒火焰，卻無灰燼，呈現矛盾情境的揣摩；結尾的「取暖」，呼應「冬天」，把詩提昇至完美境地。這首詩篇前5行寫作者用心觀察的實景，後2行將自己的情懷貼近，託景抒情，達到情景交融。整首寫幅短小，聚焦容易，作者表現準確，讀者快速進入詩境，彼此共鳴。渡也在〈新詩賞析策略〉乙文引錄英國詩人柯勒律治（柯立芝，Samuel Coleridge, 1772-1834）說的：「詩是將最美的字放在最適當的位置。」文字安置貼切，適得其所，即見出執筆人的真功夫，亦如撞球人出桿的準度：準確的程度。

寫情、詠物之外，渡也社會寫實詩作中，任何事物與現象，輕易地成為他的題材，如：〈五子哭墓〉、〈彰化某豆漿店〉、〈中國青年反共救國團〉等。還有相當多以「人」為主題的詠人詩。古人今人，中國人外國人，上至總統，下至販夫走卒，無所不寫，一首不夠，續二續三，不嫌少，司空見慣。中國屈原至少八次，王維還以長詩伺候，韓國朴正熙有三次，服裝模特兒，任職學校同事，日本飯島愛等，近乎任何人，都能成為他的筆下「詩」魂。2000年8月，為「金門高粱酒文化節」連寫三首詩〈酒〉、〈八二三砲戰〉、〈是一種香〉分別登載三份報紙副刊，儼然酒國代言人與「桂冠詩人」的架勢。比較特殊有趣的是他的自剖詩，他不以此為題名，在散文直言〈渡也V.S. 渡也〉（評論集《新詩補給站》），在詩則題名〈渡也〉、〈自畫像〉、〈自祭文〉、〈詩人〉、〈尋人啟事〉、〈劍客〉、〈渡也與屈原〉……等。這樣的自況詩，也是渡也詩的一特色。

## 四、面具背後

因為集錄出版散文詩集《面具》，渡也撰寫〈波特萊爾、商禽與我〉乙文當作該書的〈自序〉，兼陳述自己寫作散文詩的理念、血緣、歷史與技巧。在該文，渡也這麼說：「散文詩始終是我熱愛的一種文體。」《面具》之前，渡也另兩冊詩集《手套與愛》、《空城計》也有散文詩的作品，總計約百首之量。縱觀這些散文詩，呈現幾個特點：

1.散文詩的各種形式，一段式、二段式、三段式等，均有所涉獵。

2.中國古典文學和武俠俠義氣氛，十分濃厚，這自然與作者
　學養和偏愛有關。

3.同一主題多次著筆，有的是點的擴散，有的是點的深入。

4.語言文字錘鍊純熟，這是詩人一輩子的努力。渡也曾提倡
　「生活造句」、「廣告詩」，都是筆力磨練的功夫。

5.渡也講求散文詩的「結構」，以期達到作者企求的效果：
　用簡短語句，佈置高潮，予人驚奇。驚奇，異於蘇紹連的
　驚心。這方面，渡也的閱讀與經驗值得參考。他說：「我
　的詩，特別是散文詩，非常講究『結構』（Structure），
　這是多年閱覽西洋戲劇理論所致。我的散文詩泰半在結
　尾處佈置一個高潮（Climax），使人感到驚奇，以收震駭
　效果，……我的詩的形式可以說從西洋戲劇理論獲益匪
　淺。」（《新詩補給站》，頁132）。

　　戰後台灣詩界散文詩的寫作群，早期的商禽、中年蘇紹連與
渡也、近年的王宗仁等，是質精量多的幾位閃爍星子。渡也從年
輕就介入，年年持續交出成績，偏愛與毅力值得讚許。

## 五、結語

　　青年渡也一踏入詩壇，出筆新穎，他坦言「我的詩作中自然
存在著西方文學的影子」（《新詩補給站》，頁150），包括超
現實主義、存在主義以及西方戲劇理論，這些初期作品很快受張
默賞識，均入選張默所編任一部詩選。張默在〈一記拔尖的高
音〉乙文起筆即說：「寫詩、寫散文、也寫評論……的渡也，的
確是一位後起之秀的三棲人物」，有張默的提攜，加上勤奮創

作、研究，年輕渡也的嗓音響徹台灣詩的原野。楊子澗稱他是「詩國年輕的狙擊手」（《中學白話詩選》，頁310）。

稍後，中國文學注入他的寫作內容與精神，也因白居易轉變了他的詩觀。從現代主義的晦澀泥濘轉為現實主義，這種轉轍，竟然是中國文學的啟示，1980年代以來，他「決心要接受大眾，擁抱他們」，他要「帶領更多的群眾前進」（《新詩補給站》，頁133），這歷程，當然也有他個人掙扎的體悟與覺醒。

迄今，渡也已出版詩集13部，總數量超過800首，另有7首長詩和一冊兒童詩集。這成績，環顧台灣詩壇，大概只有余光中（1928-）、趙天儀（1935-）、李魁賢（1937-）和張健（1937-）等，可以互為較勁。本選集揀選渡也詩的幾個類別：談情、留情、社會情、落地情、面具，共65首，未及整體創作量的十分之一，希望還能管窺其詩業的精髓與寫作的面向。

　　　　　　　　收進《渡也集》，台灣文學館，2010年4月

# 風海交織的情韻
## ──讀渡也的家鄉詩集


　　渡也新近出版的詩集《澎湖的夢都張開翅膀》，標誌著幾個意義：一、台灣縣市第一本地景詩集的出現；二、詩人全心為父祖輩土地寫詩，彰顯特殊的尋根情懷；三、當地政府出版，搭配景觀影像，顯示官方重視旅遊與文學結合的效益；四、詩人愛鄉之情源源不絕。

　　之前，詩人林沉默花數年用台語詩寫全台314鄉鎮市，是一種深耕鄉土企圖的呈顯；文建會推出「閱讀文學地景」套書中，也有《新詩卷》乙冊。此外，不少詩人行跡台灣各地，留下雪鴻泥爪式的「詩」蹤，這些作品都是「寶島采風」的珍貴文字記錄。


　　先從有關「井」的詩篇談起。井，是人類文明由水邊移往內陸的生活據點之一，也是庶民知識訊息的交流轉播站。渡也為四口井合聚一處的「四眼井」，同時間（2000年5月）寫了三首詩，另有一首稍晚之作〈萬軍井〉，居其他地景詩之冠。三首〈四眼井〉，三個面向，不同的著筆：之一，描述井的現況，夾帶互動生機；之二，井的傳承與散播（影響）；之三，井的貌樣間挾戲謔。從四個圓洞的四眼井、轉轍為四隻耳朵，再轉為四個頭顱，見識了詩人輕描淡寫的筆力中，流露的詩意、機智與現代

感。詩意者如：「多少年了／四眼井仍活在於馬公市／仍湧出香甜」（之二）、「從四個圓孔往下看／啊，好深好深／永不枯萎／原來這裡偷藏著／海」（之三），將取之不竭的香甜井水跟永不枯竭的海，進行巧妙串聯；現代感者如：「但那古老的澎湖口音／我腰間的大哥大聽不懂」（之一），將現在日常用具「手機」與「井」產生新接觸；機智者如：「二一〇〇年／地方行政主管認為／那圓孔像頭顱／改名四頭井」（之三），時間未到，詩人預設十年後地方政府的改名措施。至於〈萬軍井〉，浮現歷史知識的流程與一視同仁的對待，如同作者另外在〈嘉義速記‧紅毛井〉的書寫：「清朝的水／日治時代的水／民國的水／都一樣甘甜／讓荷蘭人喝／讓日本人喝／讓台灣人喝／讓外省人喝／都一樣甘甜」。

從「井」詩的描寫，引出渡也創作的兩個特點：「史」的意識、文字「活」化「詩」化。讀渡也的詩，是欣賞他的歷史陳述與詩義融熔。寫點的〈孤拔墓碑〉、〈石滬〉如是，寫物的〈地瓜〉、〈花菜乾〉也如是。名勝地景物產，都有歷史淵源與典故；詩人將之入詩，是知識的傳達，也算尋根，不忘本。史的知識，藉文字傳達，不能僅描述、陳述、敘述，重要的是文字「活」化，產生詩質，形成詩之為「詩」的本義。這方面的練字技巧與思維路徑，一直是渡也的獨門訣竅。早年，他強調「生活造句」，是深底功夫的錘鍊者。為此，他能在平凡字句行間，出現「詩」眼。如果進一步探究其學養，除了中國古典與現代文學的吸納，西方文藝理論的尋索，應有其萃取之妙。若作個簡單比較，葉嘉瑩教授將西方批評，尤其新批評

理論融入（套入）中國古典文學，既活絡古典詩詞的新生命，也建構葉大師的風采。同理，西方理論進入渡也的詩創作，發揮同等效果。

　　詩，必需新義。為點出詩眼，詩人懂得新義的萌生依賴去熟悉的「陌生化」。這是1920年代蘇聯形式主義者西克洛夫斯基（Viktor Shklovsky, 1893-1984）的主要論述；渡也算是東方（台灣）的代言人與推廣者。

　　渡也此書分三輯：第一輯37首寫景詩、第二輯13首詠物詩、第三輯4篇散文。景與物，都是在澎湖，都是「漫遊」推崇者班雅明所言的「全景文學」。渡也花數年時間（較集中於2000-2005年），細鏤澎湖。他扮演遊客與歸人的雙重角色，家鄉「澎湖」既要第一，也要名揚。他的父祖輩從澎湖渡海到台灣謀生奮鬥，他從台灣都市渡海回到家鄉巡禮。家鄉的定義如何？跟不少名詞一樣，眾說紛紜，各自解釋。有人隨遇而安，處處是家；有人跳離現實，自願當宇宙遊民；有人緊抱一撮泥土，奉為至親的鄉土。但，總歸是一處精神停歇的據點。據點，逐漸擴大成抽象的「鄉愁」，再化成文字的解愁詩篇。詩人在家鄉徘徊，在語言文字間漫遊。不論遊客或歸人，依然在漫遊。書名「澎湖的夢都張開翅膀」，引自〈澎湖之一〉的詩句（頁76），究竟是「澎湖的夢，都張開翅膀」，抑「澎湖的夢都，張開翅膀」，是「夢」，抑「夢都」（夢的都會、夢境），都是詩人之夢。「神遊故里」、「臥遊家鄉」正是遊子與歸人想要的淨土。

　　〈海洋詩刊〉乙篇是本書中文體的唯一異類：散文詩。渡也

是台灣詩壇認真經營散文詩的作者之一，成詩百篇以上。他不忘用此種文體禮讚家鄉：澎湖籍的海，永不衰老。

　　台灣是島，四面環海，有段長時期，因為戒嚴因素的鎖國，有海卻不親海，成為內陸型的島國。澎湖是群島，雖然稱「菊島」，海風、海浪，近在身旁，任何時刻，都能意識「海」的貌樣音響，感受季節「風」的威力與威脅。《澎湖的夢都張開翅膀》詩集第一首〈鎮風塔〉，末篇〈最後我成為大海〉，整本書，在風海交織間，激盪著奇妙的詩的情韻，紓解詩人鄉情的朝思暮想，為旅遊文學增添美談。

2010年2月3日

刊登《文訊》293期，2010年3月1日

# 詩壇五絕李昌憲

　　所有平面的描繪，包括文字、畫筆或影照，都只顯露主角的某一面向。「冰山理論」的寫作方式，不限海明威、鄭清文等名家。任何人都有他／她仰光與背光的容顏。新世紀之前，我認知的李昌憲，是從南方出發的詩人，1970年代，同為青年詩社的成員，我入「後浪詩社」，他先是「綠地詩社」，我們同登《綠地詩刊》第11期（1978年6月25日）的「當代青年詩人大展專號」；稍晚，他轉入「陽光小集」。1980年代初，兩人先後參加「笠」詩社。1982年，昌憲以詩集《加工區詩抄》獲第二屆笠詩獎的創作獎，我於1984年，得第三屆的「詩翻譯獎」。撰寫《笠下的一群》時，避開工廠詩的印象，挑選1986年作品〈生態攝影家〉乙詩，初步曉得昌憲跨入攝影隊伍，至於屬玩票、抑專業，並未進一步請教。關於其詩風，留下這樣的短評：「對勞工權益和生態環境有深刻的體認，用詩文學提出嚴厲卻無奈的批判。」

　　最近幾年，晤面與聯繫較多，逐漸認識「詩之餘」的昌憲。2005年，隨同台灣筆會成員組成台灣詩人訪問團，前往蒙古首都烏蘭巴托（Ulaanbaatar）參加「2005台蒙詩歌節」，認識了昌憲的攝影，他一路扛背十公斤重的攝影器材，回來後，將一千多張照片剪輯製成兩張光碟片送給同伴；2006年，一次長談，驚豔昌憲的篆刻，間接催化「台灣詩人群像」詩叢的共成策劃。

近讀昌憲在《笠》詩刊265期「詩人的迷戀」專輯文章中，他說退休之後，依舊迷戀的「舊愛新歡」，包括五個：買書、寫作、品茗養壺、篆刻、攝影。

古人喜將「詩書琴劍」賜予文學家；文人則好以「書劍飄零」或「琴詩荒廢」調侃、自謙。今人鄭曼青（1902-1975）先生精於畫、詩、書、醫、拳，被稱譽「五絕老人」。李昌憲從笠詩人出發，衍生藝術的多妻，享齊人之福。五個舊愛新歡皆是他的難遣迷戀，堪稱台灣新詩界的「五絕詩人」。

2008年7月28日
刊登《台灣現代詩》第17期，2008年3月25日

# 平實的心聲

## ——讀李昌憲詩集《露珠》

　　在台灣詩人的系譜脈絡，李昌憲從1970年代青年詩社「綠地詩社」、「陽光小集」，到1980年代加入「笠」社。加入「笠」社前後，有詩〈廢氣飄飄處處聞〉刊登《春風詩叢刊》第1號（1984年4月）「獄中詩專輯」，這是一首環境生態詩；該刊是份左翼刊物，該期因「內容挑撥政府與人民感情，選載匪幹作品」被臺灣警備總司令部查禁。就創作歷程，三十餘年的詩作，包括2005年出版的《仰觀星空》和《從青春到白髮》兩冊詩集，李昌憲大抵被定位為「勞工詩人」、「生態詩人」。這兩個面向，都與他的職業和詩人的關心視角緊密結合。

　　2005年，他在華泰電子公司資材部經理職務退休，轉任顧問職赴中國蘇州協助公司建廠，2006年5月正式離開熟悉的電子產業，進入人生另一階段。誠如在《笠》詩刊265期（2008年6月15日）專輯「詩人的迷戀」〈迷戀我的舊愛新歡〉乙文，他說退休之後，依舊迷戀五個「舊愛新歡：買書、寫作、品茗養壺、篆刻、攝影」。為此，莫渝稱他台灣新詩界的「五絕詩人」。前年，他考取高雄市街頭藝人證照，正式登入篆刻家。藝人走向街頭，看似優於象牙塔內的詩人；今年，他提出一本詩攝影集《美的視界——慢遊大高雄》，連連傳出喜訊。

本詩集《露珠》是他近五、六年新作品的另一部創作結集，全書分五輯：國外旅遊（15首）、生活抒情（21首）、人文地景（22首）、社會關懷（20首）、生態觀察（21首），共99首（「小詩一輯」分計，則有103首）。這百首左右的詩作，除了生態與勞工兩方面的繼續觀察書寫外，旅遊的體驗、親情的表露及國家定位的思索，都有比較重的書寫。

離開職場，有比較充裕且自在自適的時間，從事旅遊，或國外或島內與離島，有時個人有時隨團，詩人的筆是競爭的筆，走到哪裡就寫到哪裡，影像定格有必要，詩文字的定格更必要。《露珠》詩集內，國外旅遊和人文地景兩輯37首，都是旅行文學的記錄。遠至北亞的蒙古，詩作最多，那是第一屆「台蒙詩歌節」（2005年）台灣詩人的「遠征」收穫，見證瀚瀚沙漠的酷熱與遼闊草原的柔美。〈蒙古包聯想〉一詩，感受傳統遊牧與現代文明的衝擊：「一九九一年蘇聯解體／草原，是還給蒙古人的草原／天空，是還給蒙古人的天空／蒙古人開始／不一樣的遊牧生活／／一樣的蒙古包／傳承了千百年／擋過風雪遮過炎熱／卻擋不住／現代文明的入侵」，異種文化的碰撞，仍需結合融匯：

蒙古包外綁著馬匹
為何多買了汽車或機車？
看見不一樣的蒙古人
正發動汽車，快速
追上現代文明

〈詩，是開啟永恆的鑰匙〉乙作是結尾篇，返國前往機場途中，東邊與中天夜色降臨，唯西邊：

> 日落草原以後
> 動人的金黃色絲帶
> 就懸掛地平線兩頭
> 這映照久久不散
>
> 友誼的手緊緊互握
> 連結兩國詩人們
> 在心動深處，握筆寫
> 詩，是開啟永恆的鑰匙

「動人的金黃色絲帶」彷彿永恆的詩篇，悸動著詩人的筆和攝影機，傳遞了詩人對「美」的捕捉與讚歎。

旅遊擴展詩人的見聞視野及新奇驚豔的感受。親情的流露，仍是詩人筆端的自然面，尤其是有關對伴侶妻子的著筆，不掩真實真誠。2005。06年間旅居外地（中國蘇州）夜晚難眠，「恍忽中聽見／妻的鼾聲／隔空隔海傳來」（詩〈睡不著〉）這是夢境的寫照，現實情境則是「妻的鼾聲／三月的春雷／響在午夜／／突然轉身／抱住我／親了又親」（詩〈妻的鼾聲〉），一夢一實，都是思念的投射。清晨，為取角拍攝一顆「留在花瓣上的露珠」，「閃亮鑽石光芒的露珠」，想及結婚三十年的伴侶；露珠，晶瑩剔透，妻子，相

依相伴；在攝影機的鏡頭與文字間同時留住美麗光芒。見識詩人的純情告白。

　　類似〈露珠──紀念結婚三十年〉乙詩，原本無相關的兩物像／個體：露珠與妻子，在「美」的感應下，出現新關係的組合，原題〈紀念二二八〉的〈白鷺鷥〉一作，也發揮同樣的技法。全詩如下：

　　　　孤單的白鷺鷥
　　　　縮著一隻腳獨立
　　　　面向愛河
　　　　一言不發

　　　　早凋的英靈
　　　　重回現場參加
　　　　紀念二二八活動
　　　　六十二週年一晃而過

　　　　想及歷史性的傷口
　　　　再度爆開
　　　　鮮血染紅圓山
　　　　飯店外棍棒侍候

　　　　整個下午白鷺鷥
　　　　縮著一隻腳獨立

思索下一步
怎麼飛出去

　　政治無所不包。「海晏河清」是任何時空下庶民的盼望。一時代一時代過去，任一新時代的掌權者都在把玩權力滿足少部份同夥（利益共構群）的慾望。1947年春天的二二八事件，是台灣歷史重大災難，台籍菁英份子腰折，加害者長期掌控權力階級，抹煞史實，掩蓋真相。「六十二週年一晃而過」，人事全非，當事人及其後代的傷痕無以聊慰。紀念活動的意義與價值，無法獲得合理的公義。一隻白鷺鷥的出現，突顯受難家屬的孤苦無依。史不實，人無言。白鷺鷥，原本與政治無關，與紀念活動無關。只因孤單地出現，「縮著一隻腳獨立」，卻成為詩裡反襯的角色，以及「台灣獨立」的徵象，益增事件的悲涼。

　　從以上抽樣幾首詩的書寫角度看，李昌憲，一位誠懇正直的詩人，不拐彎抹角，也許不算喃喃自語，倒像蘇聯「悄派」的表現。20世紀中期，蘇聯詩歌出現「大聲疾呼派」（響派）與「悄聲細語」（悄派）兩種類對立的書寫風向球。兩種詩風，顧名思義，一外展一內向。昌憲兄這本新著，百首作品，篇幅均不長，大都在三十行以內，文句輕巧樸素，既無強烈措詞，也缺鮮艷色澤，呼應著書名「露珠」一樣：「妳的美麗光芒，在我心中／永不消失，永不消失」。或許因此，讀者感受到的是他那真誠平實的心聲。

2011年9月29日

# 寫不完的家鄉情

## ——讀徐慶東的詩

慶東兄即將出版新著詩集《回家》。詩，是他在文字書寫的重要課業，自然值得祝賀與珍惜。

中國唐朝詩人李白在〈春夜宴桃李園序〉云：「夫天地者，萬物之逆旅；光陰者，百代之過客。」任何空間，都是逆旅與過客交織的年代，有人流落他鄉，有人不知鄉關何處，有人想家歸不得。能夠回家，自是一件大事、樂事。至於當事人的心情，五味雜陳、或近鄉情怯，或雀躍之情；心境不同，呈現多種異樣風貌。慶東兄詩集《回家》裡首篇〈回家〉一詩，不是「少小離家老大回」的衣錦還鄉；而是「攜父」回家。這純然是作者的私人經驗，或者說是家族史的一環。〈回家〉副題「給父親」，6段61行，每段都由「你吵著要回家／要我帶你回家」開始。「你」是父親，「我」是兒子，這是兒子帶父親回家，有天倫樂的感覺。第二段出現「在村子口的大武橋上／才發現／是你37歲精壯的手／拉著我4歲瘦小的手」。這四行詩句，是一個轉折，藉由空間互換，角色也易位，作者回憶童提時期「父親拉小手」的往事。正確地說，是一段傷心往事。1960年代中期的台灣政局，白色恐怖的魔手伸向社會各角落。十歲的小慶東，目睹正值壯年的父親被架走，去向不明，童年

「橫遭腰斬」，全家陷入陰霾。這樣心靈的創傷，需花多少歲月與心力，才能彌補？同屬政治受難者阮美妹的「暗夜哭泣四十年」，應是共同的心聲。寫這首詩時，作者已無憤懣之氣，反倒以嘻笑心情淡化之，或言昇化的轉化作用導致。

詩集排序第二的〈返鄉〉，比〈回家〉篇幅更多，共106行分8段。一個假設的議題，敘述遊客到大武覽勝，作者扮演導遊角色，志願為他們解說，包括母親的住家（大武街92號）、土產店、細姨的舊居、土地公廟、一排鐵皮矮房、廟口⋯⋯等。每一點儘管屬於庶民的單純生活，都有作者的記憶，與歷史逸事。

母親，也是慶東的重要書寫。詩集排序第三，即〈懷母詩〉，紀念母喪的200個日子。作者以41行分五個組詩方式，舖陳母親離去後，祖屋的動向：蜘蛛網侵占、夜晚猶能感受長者的喟嘆；喟嘆，自然包括父親被抓走後，為持家養兒女所負生計重擔的壓力與無奈；以及子女的情思，心中長存母親的聲影。

這三篇「前引」詩，稱得上是詩集的主旋律，由親情再延伸至鄉情。或許可以這麼說，以父母親為圓心，家鄉為範疇，是慶東兄創作的基點，至於其他的書寫，都是供應基點的滋養品。這現象，在第一部詩集《家鄉記事》（1994年）不太明顯，到第二部詩集《行走在夢的山脊間》（2005年），比較有聚焦的表現，比例上，「鄉」的描寫居多，如「太麻里詩抄」、「大武詩抄」、「台東遊記」三輯；親情的〈爸爸〉、〈母親〉兩首勉強擠放在「大武微人列傳」八人之中。有趣的

是，這幾位「微人」的素材，再度進入〈返鄉〉這首詩。

　　自來，「鄉」的懷思與描寫，都是詩文學的必然元素。同屬後山花東縱谷台東平原的幾枝詩筆，如夐虹、詹澈、葉香、徐慶東、周慶華等人，夐虹走出台東，置身北台灣，回看家鄉，寫出〈東部〉、〈台東大橋〉、〈又歌東部〉、〈卑南溪〉等作；詹澈由彰化移入台東，實際感應地理風水，完成《西瓜寮詩輯》、《東海岸速寫》；周慶華在台東大學校園內推展的詩與濕的戲謔文字，他們都各領風騷，展現一方之姿。慶東出生於台東，除大學時期在台中大度山的東海大學四年，畢業後，回台東執教，可說是家園的巡狩。1990年代中期以來，他的〈太麻里詩抄〉、〈台東詩抄〉、〈大武詩抄〉等家鄉記事，型塑他的詩風，尤其是〈太麻里詩抄〉、〈大武〉、〈大武溪〉等，顯示其另闢蹊徑，贏得異彩。

　　十年前，慶東兄在〈重回金樽〉一詩裡，說：「長苔生繭／或風化成了／宇宙的／棄嬰」（1997年作品，詩集《行走在夢的山脊間》，頁84-85），本集〈大武溪〉：「大武溪的臍帶在／加羅板的上游的上游／在大武山美麗母親受孕的／第一聲痛楚／夾帶原始人般的巨石／就著日光／切割出一條／讚美所有戀人眼光的／碎鑽」（2006年作品）。儘管景點不同，時空有別，是棄嬰或碎鑽，也會因人而異。但，至少見證沒有寫不出的題材，沒有才盡的江郎，只有怠惰的文字工作者！只要有情，有心，筆端流瀉的「鄉」，都是耀眼的碎鑽！

　　慶東兄新著詩集《回家》分三輯，共37首詩，部份以組詩方

式書寫。輯一「大武詩抄」、輯二「台東風景畫」、輯三「紙與筆的生命私密對話」。整體看，與前一部詩集《行走在夢的山脊間》的書寫，有延續與延伸的感覺。延續未著筆的鄉景，延伸（延深）既有主題的深度。

重看〈回家〉一詩，雖然一再敘說「你吵著要回家／要我帶你回家」，「我」並未「帶你回家」，我們仍在家之外，回家只是心意、是進行式，試讀末段：「我們久久坐在／廟口矮牆上／等天黑／等始終暗不下來的／天黑／等不在的媽媽／叫我們／回家」。即使天黑了，似乎媽媽也沒叫他們回家，他們仍坐在廟口矮牆上。在第三段：「我把你緊抱在心中／無聲無響的／走過午後冬陽慵懶的街道／過老家而不入／痛的封條緊掩／曾經風華的廢墟／笑聲早已退化成／滿屋子深沉的靜默／和糾纏的蜘蛛網」。這是這首詩最沉痛的一段。睹物思情，不無滄桑感慨，徒然歔欷。「痛的封條緊掩／曾經風華的廢墟」，父親的遭遇，如同永恆的「痛的封條」。詩裡，出現37歲的父親拉著4歲的「我」。而全詩，作者「我」攜父回家，父親年紀停格在約四十歲出頭的壯年，此時的作者年紀亦相仿。如此推想，形成一幕同年齡的父子，由子攜父回家的畫面。中間停格著白色恐怖的「痛的封條」。這情況，有點類似法國作家卡繆（Albert Camus, 1913-1960）遺著《第一人》裡的敘述：四十歲的中年人到遠方一處公墓，探尋戰爭中二十九歲陣亡的父親墳塋；尋客的歲數逐年添增，以迄老邁，受訪者永遠年輕。

慶東兄似乎不曾中斷地書寫父親。今年5月的新作詩〈為什麼我的血也是紅的？〉與短文〈血色的黃昏〉，同時刊登

《笠》272期（2009年8月15日）「詩人色彩學」專輯。這兩件未收進詩集《回家》的新作，仍以父親事件為主題，詩的副題〈寫給爸爸以及那個悲哀時代〉，內容觸及政治事件表現有點隱晦，第三段則傳達了幼小心靈的創痛。短文的陳述就予讀者很清晰地體會「那個悲哀時代」當時情況：父親無緣由被抓、失蹤，家道末落。

卡繆的《第一人》是一部未定稿的長篇小說，作者原本企圖從尋回記憶，建構家族的面向發揮。在慶東的心湖，父親、「痛的封條」，隱然水紋般蕩著永無停歇的漣漪。這漣漪跟家族史有無必然關連，不得而知。當他的詩筆描繪家鄉，尤指詩集《行走在夢的山脊間》贏得：第一本用詩撰寫的「台東鄉土誌」。新著詩集《回家》，從內容題材有加深增廣的表現。如果將繼續詩的書寫旅程，定格「家族史」，這樣，徐慶東的「三部曲」會是台灣詩界的特殊現象，我期待著。

2009年8月31日
收進徐慶東詩集《回家》，台東美學館，2009年9月

# 潮來潮去的驚喜

## ——潘景新詩集《潮間帶》詩語

　　景新兄得獎傳e-mail 向眾人告知兼報喜，回覆道賀，竟指派任務，為其新著詩集寫幾個字。寫字，應屬書法家的揮毫，我倒喜歡讀讀朋友的詩文。

　　等接到影印書稿，瞧見書名《潮間帶》與附錄三首年少之作，即時萌現兩個驚喜。先談附錄三首1962年的少年詩心，最早收在《本省籍作家作品選集・10・新詩集》內；這部詩選，我不知看了幾回，置放又取出書架處幾多次，從不曾與景新兄聯結，交往過程也不曾聽他談起，包含2007年他有意加入笠社。原來，1965年該選集出版時，名字是潘熙瀚（好複雜、多筆畫、有學問的名字），當時，他還是中學生，書上那張相片也是。另一驚喜是書名「潮間帶」，令我回想四十年前1969年春夏，部隊駐紮屏東車城木麻黃防風林間的軍旅生活，越過沙丘，即是潮間帶的淺岩灘，一旦退潮，赤腳在淺水處走動，觀看靜靜的海膽、不時扭動觸角的海星，小群的游魚，較具吸引力的是岩縫的紫貝。一拳之握的紫貝撿取後，活生生地被埋入留有記號的熱沙堆，一星期或十來天後挖出，沖洗屍肉，即是一枚閃亮的紫貝殼（今時想想，真是殘酷）。當然，還可以在沙灘處見到寄居蟹的忙進忙出。至於，那時在沙丘高處起火烘

烤海膽食用的孩童，此際，諒都已人父人祖了。瞬間，因《潮間帶》重現那段時光，不免夾雜年華流逝的噓唏。

　　詩集《潮間帶》共分四輯：「府城風華・台灣原色」、「湧動愛與美的生命跡線：潮間帶」、「詩與畫的共振」、「原鄉、故鄉、他鄉」，及附錄三首舊作。前四輯為2006至2009年間之作。這些近90首的新作，集中兩個軸心：懷人與寫景；景的描寫，取自親履之地，由台灣頭到台灣尾，較集中於西部海岸、高雄與台中；人的懷思，偏重台灣畫家的行誼與畫風的領悟。寫景，是詩人漫遊的筆觸，懷人是詩人情感的共融。從中抽樣，略抒己意。


　　　　〈輕輕別驚醒那一方湛藍〉


　　　　黑潮湧動鑿刻整座岩壁
　　　　鯨豚旋躍搜攝海天喧囂
　　　　輕輕我們攜手躡足
　　　　就怕驚醒那一首
　　　　釀詩的蟹痕


　　　　霧鎖泂瀾分不清是林木還是
　　　　檣桅輕輕才聽得出渡鳥的泣訴
　　　　雨落美崙分不清是雲霽還是
　　　　你那一頭比黎明還烏黑的
　　　　牽絆

燈塔用妒火掃射
螺聲席捲歸航的海圖
輕輕不要回頭
也不要去撿拾記憶的箏線
那一把離散又遇合的花季

花季太短但足夠典藏一生
月色埋首在灣臂中構築綺夢
親親貪癡著你濕濡的唇
誓盟靠風的意志來傳頌
在漫長的等待中
完成

　　作者自言「2009年03月於花蓮」。花蓮，舊名洄瀾，因花蓮
溪流入太平洋，溪水海流相互激撞，形成巨浪迴盪。黑潮與鯨豚
是台灣東岸遼闊太平洋的景觀。

　　花蓮燈塔，是港邊的地標之一，多位文人曾著筆過，如楊
牧、吳明益等。作者寫景，其實是抒情，藉景將「深情濃意」
融入，希望身邊伴侶聽到感受他內心的呼喚：「輕輕」即「卿
卿」，親密的呼喚。標題「輕輕別驚醒那一方湛藍」，已經明示
了，「黑潮湧動」、「鯨豚旋躍」既是外在空間的動躍，何嘗不
是暗夜內心的動躍？自然引來燈塔用「妒火」的掃射。燈塔本無
心，情侶自當遭忌。由前三段的「輕輕」轉入末段的「親親」，

又是另一番戀人絮語。

　　這樣以「情」入詩，在為招潮蟹而寫的〈呼喚情愛的提琴手〉乙詩，更見「情殉」的絕美，詩寫蟹族既「為情為愛」，也為「繁衍交配」，既「千里尋覓」，也展示「此生最大的志業」，終極是作者在附註所言：蟹類交配都在母蟹脫殼（即軟殼）時，都選在黑夜的海上，時間可長達十數小時，完全暴露在天敵環伺間，多數屍骨無存。

　　因為觀陳耀武畫作有感而寫的〈流竄的生命跡線〉，同樣闡釋第二輯輯名「湧動愛與美的生命跡線：潮間帶」的意義。文字是抽象的符碼，順著詩脈敘述，微微勾勒出畫家筆下的女體裸影，以「曲線裸女色塊」的多重組合，繪出「裸情百姿」的系列，觸動詩人以文字重現畫境。詩畫如何共振，抑平行前進？抓住彩繪的一點起筆，之後，已是詩人的思路。因而真實貌樣，仍是詩畫各自延展，如本詩末段，純屬詩人意念的拓印：「僅留一條蜿蜒又筆直的／生命跡線如血跡／斑斑流竄到明日／到天涯」，生命跡線流竄到明日到天涯，就呼應了也回歸了「潮間帶」的湧動生命之愛與美。

　　畫松、寫梅，原是中國畫家的份內事。台灣常見的木麻黃，是常綠大喬木，樹高可達20公尺。樹皮淡褐色，有不規則縱向細裂，質地疏鬆，但樹性強健，抗風、忍旱且耐鹽，原產於澳洲、南洋，台灣引進，廣被植栽於濱海地區作為防風之用。這樣具實用性質卻不討喜的常見樹種，甚少贏得畫家的青睞。詩人感受（感動）黃才松畫作，寫了〈就是要畫木麻黃〉乙詩，強調「當畫布如沙灘被厚重的死灰佔領／仍要掏出畫筆　描繪那種牽手護

瀛洲的無怨／千年庇社稷的不悔　因為它與／海岸　鹽民　漁夫
共死生／就是要畫木麻黃！」畫家的堅持與愛，也是詩人的執
著，對家園與土地兩位都具深沉的依戀。

　　除了鑑賞畫家畫品外，與他同輩的友人，也有深刻的描
摩，尤其為跟他全沿（同庚）陳恆嘉的離去，所寫的〈有1種等
待〉，從不安、苦楚、清醒到等待：「飄撇的形影　哪會猶袂
來」，落空的等待，讀之令人酸澀心絞。


　　詩，該怎麼寫？年少時，只是想寫詩，前人怎麼寫，跟
著寫。年長時，不可能「回到從前」，自當考量。本書呈顯
的是一位青衫詩少年轉眼灰衣江湖老客睿智眼神所閃爍的俠
氣及情懷。如今「滿座衣冠似雪」，該笑看什麼？雲起雲
飛？濤生濤滅？

　　重看詩集扉頁，滄桑斑駁的畫像，讓人激動感觸深刻的兩
行文字：


　　　詩苦難人生的最大救贖
　　　書悲涼世界的純淨依附


　　應該還有畫，作者題油畫處女作的〈日落何其速〉一詩，算
是真正的詩畫共振：自己的詩、自己的畫，「任長流呼嘯／任幡
帛召喚青春卻已如／一隻翻白的魚屍／來不及憑弔最後一眼帆
影」，道盡作者半百的苦難與悲涼。

　　從1960年代一幌子躍入新世紀第一個十年，詩人在文化崗亭

出版事業的古籍紙堆裡奔逐放浪，荒蕪了詩業，之後，倚靠苦難與悲涼的岸邊，恍悟絲絲潮來潮去的生命本質，聊當「一壺濁酒喜相逢」。

人生，或許是一條幽靜長河，但，也在片刻詩的閃光中欣見源源生機。

2010年10月12日
收進潘景新詩集《潮間帶》，台南市立圖書館，2010年11月

# 物我位移　極緻情韻

## ——讀陳胤的詩

　　陳胤第一本詩集《流螢》出版於2004年，收錄1995至2003年間的詩篇，較集中新世紀以來的寫作，共57首，分四卷。做為主題詩的〈流螢〉乙作，是靈巧的11行短詩：「夜晚以眼淚翻譯白天／眾聲喧嘩後的孤寂」，以「眼淚」和「孤寂」當作詩篇前引句，似乎也暗指詩人現實生活情境中，某種愁苦或悲愁的感應，〈流螢〉乙詩第三段單行詩句「淚，是寂寞的光嗎？」（頁20），雖是自問，這行詩句重複出現各卷的題詞，隱隱有作者偏愛之意。偏愛，難免偏執，作者某種意理（ideology，意識型態、觀念、理念）的潛力呈現。陳胤的意理是困境的束縛，抑憤世嫉俗的悲愁？否則，詩集《流螢》何來「壯志未酬」（頁76）、「淚光」（頁96）、「嘲笑人間／所有的哀傷」（頁116）……等。卷三校園風景中〈朝會〉乙詩，所突顯的雖是教育界（甚至可直言生活在台灣）的荒謬，將國歌中國國民黨黨歌改成「全體出去。主席放屁。臭摸摸……／大麵煮湯，豬腳滷蛋……」這是憤怒青年（年輕教師）的筆端著力。此外，對同一小昆蟲的描寫，在〈流螢〉詩以自問「夜晚的淚光」內省式的自我剖白，在〈螢火蟲〉乙詩變身為「一隻提燈的螢火蟲」逡巡校園，以自身「詩體的微光」施愛。兩首同物象的詩，展現了作者

自憐卻施愛的性格。因為後者，陳胤他寫抒懷的詩，在家鄉（永靖鄉）舉辦社區文學獎，推動報導文學，柳河文化工作室是他個人活動文學的基點，由此出發，努力在文學領域拓荒。

　　詩藝方面，作者喜用角色扮演的同理心，進行物我位移，變身或移情隱入物象，替物象代言發聲；且擅於經營意象，文意流暢，語詞甜美，即使「校園風景」的事件描繪，都能掌握詩質焦點，不流於說明或單純的敘述。唯整本《流螢》似有一股沉疴的鬱悶，「展不開眉頭」的積鬱。是鄉間環境保守抑懷才難展？書內〈詩人的夢〉一詩，令人追想他的彰化同鄉前輩詩人王白淵。王白淵的〈詩人〉：「薔薇默默開著／在無言中凋謝／詩人活得沒沒無聞／吃著自己的美而死／／蟬子在空中歌唱／不問收穫而飛去／詩人在心中寫詩／寫了又擦掉／／月亮獨個兒走著／照亮夜之黑暗／詩人孤獨地歌唱／道出千萬人情思」（月中泉譯），王白淵用薔薇、夏蟬、月亮三物象明喻詩人這行業的酸楚。陳胤在〈詩人的夢〉的首尾分別直言「他是一個詩人，靠夢維生……」和「他是一個作夢的人，靠詩維生。」詩夢都架空了「現實」，離「現實」很遠（如是，算不算「不食人間煙火」？）他倆可以前後輝映對詩的的沉迷與吐露無奈的心聲。王白淵熱愛繪畫，是美術評論家，年輕的陳胤也擅執畫筆，兩人都是詩畫兼修。

　　以上是閱讀陳胤第一本詩集《流螢》的初步印象。

　　如今，陳胤整理第二本詩集《島嶼凝視》，分「島嶼凝視」、「凝眸」、「暗夜星芒」三輯。這三輯展示了作者近幾年與島嶼台灣互動的面與點。第一輯「島嶼凝視」，其實是「凝視

島嶼」，呈現作者關注島嶼台灣這塊土地整體面的情懷、期待與淚光。作為首篇〈玉山遠眺〉，有代表詩集的氣勢，也是作者意理的外顯。物我位移，玉山是台灣，作者「我」立在高頂極目遠眺環顧四野。從微明、日出，到鷹的飛翔，最後拉回「家鄉田畝上　母親佝僂的背」，山脊與背脊重疊，高山與母山合一，告知我們詩人的心緊扣著土地。

　　第二輯「凝眸」36首，點的掌握，是書寫地誌的詩篇，由北台灣的淡水八里北市板橋、新竹、台中、彰化、高雄、墾丁、澎湖、馬祖、花蓮等，大部份是參與跟當地有關活動徵文之作，表現作者對該地人文景觀的聚焦與注意。從中可以微微臆測作者的偏愛，如新竹市與台中市的古蹟；書寫澎湖時，著重〈雙心石滬〉，是有趣的選擇。第三輯「暗夜星芒」15首，雖是零散個別詩，仍表現一致的主軸：向台灣人事物靠攏。如〈仰望〉寫賴和，〈那槍聲注定要沉默〉寫圖博（西藏）抗暴，〈桐花祭〉寫花與情愛的纏綿，〈暗夜星芒〉寫二二八，〈遺落人間的詩篇〉寫肢障盲者等。

　　延續前一詩集的〈詩人的夢〉，陳胤的文學氛圍設計得非常「純文學化」，跳開現實生活層面，換句話說，逼近唯美主義了。他過濾生活的雜質，留下「詩」。這樣的詩，又不像不食人間煙火，仍十分現實主義色彩，只能說「極致情韻」吧！〈桐花祭〉裡：「愛情，是一場莫名的細雨／任誰都要淚濕衣襟」，是一塊看板，〈遺愛手書〉一詩，應是這理念的最佳衍釋。這是四首合成的組詩，詩前的引言，表明自己念茲在茲的仍是自己的「詩」。四首均以「親愛的，我永遠不知道／風在

哪個方向吹？」開端，向最親近的人訴說。第三首有言：「葉
落之日終要來臨／親愛的，請為我歡喜吧／因我已嚐盡人世苦
楚／而那苦，早已成生命／最大的享樂啊」。只有詩文學的投
入，才會以苦為樂。強調詩與性靈，似可貼近中國晚明與清中
葉「性靈派」的一群。

　　詩集《流螢》的卷四天地7首，為台語詩。當時，陳胤採雙
叉路的寫作，與本書同時，他的台語詩另成一書，《島嶼凝視》
純集錄華語作品。整體言，這部新著詩集是作者與島嶼台灣的更
密切接觸。他的關注，不只以傳統方式的漢人眼光，還化身原住
民，為他們說話，如〈島〉詩的泰雅族，〈布農組曲〉、〈詩之
釀〉的布農族等。見得出其詩藝更精進，視野亦擴展。

2010年4月26日

收進陳胤詩集《島嶼凝視》，彰化縣文化局，2010年9月

# 心儀與仰慕

## ——讀陳金順的詩集《一欉文學樹》

用心做台灣詩人、台語詩人的陳金順，將出版伊的第三部詩集《一欉文學樹》。

**愛給伊歡喜佮鼓掌。**

十幾年前，1995年開始，金順兄投入台語文學活動和創作，首先參與《茄苳》的編務工作，1998年獨立創刊《島鄉台語文學》，這二、三年結合台語界朋友合力創辦《台文戰線》，伊用心編兩部選集《台語詩新人選》和《2006台語文學選》，伊本身馬已經出版兩部台語詩集《島鄉詩情》和《思念飛過嘉南平原》，以及台語散文集《賴和價值一千籤》，也塞講有成就的一位台語詩人、台語文學家。

金順這拜要出e詩集，有一個副標題：台灣人物詩，總共40首詩寫40位台灣人物。詩e寫作，不外言志寫物描景詠人四類。言志，志者心事，內心的「愁」，李白說的「萬古愁」，詩人言志，可能佔詩寫作總量e大部份，每一位詩人滿腹的心事，小至內心難遣的祕密，擴至家園的疼惜家國的憂憤，都需要有發洩的管道。詩人揮筆自然渠道水成，言志類成為大水道。詠人之詩，大都偶爾為一。不過，近幾年，或許是新領域的發現，

或許是台灣歷史的再出土，總之，值得嘗試，值得開發。咱先看幾位前輩努力過e腳跡。

　　詩人葉笛在上世紀末著手撰寫《台灣早期現代詩人論》時，月旦所論詩人之餘，還題詩贈這些文學家、素描他們、感懷他們、詠讚他們。如果單獨集錄這16篇詩作，也代表著葉笛某種「心儀與仰慕」的理念呈現。這，算是詠人詩的一項作業。也許，轉動了感染的力量，葉笛至友郭楓先生在2008年，傾全力完成一部詩集《台灣先賢列傳》，包括詩家系列，可說是一部「台灣人物」的史詩。此外，笠詩社江自得社長他將詩筆關注台灣時，他寫台灣歷史篇、台灣地景篇，也寫台灣人物篇。

　　江自得e台灣人物篇，偏重幾位代表性的人物，以及較不為大眾熟悉的西洋傳教士，而且篇幅長。郭楓e《台灣先賢列傳》是針對已經蓋棺論定的作古前賢人士；跟他們不同，金順兄詩集《一欉文學樹》中e 40位人物，時間自17世紀末至當今，縱貫三百年，尚早e是朱一貴，尚少年的是滿20歲頭e沈芯菱。金順伊為什麼要寫這些台灣人物？這些台灣人物有值得詩人用文字美化？金順本身快說明交待，我只有做單薄e推想。

　　這一群金順筆下人士，並無一致性，在殷的專業跟被認知的行蹤，包括革命者：朱一貴、林爽文、莫那魯道、謝雪紅、呂赫若、鄭南榕等；文學家：賴和、吳濁流、吳新榮、簡國賢、葉石濤、葉笛、陳雷、王禎和、胡民祥等；文化人：蔣渭水、黃石輝等；醫生：馬偕、蔣渭水、蔡阿信、賴和、王金河、楊日松等；音樂家：葉俊麟、朱丁順、王明哲等；運動員：紀政、林義傑、蘇麗文等；畫家：陳澄波、洪通等，社會運動者：王添灯、葉陶

等，有幾位不侷限某一類屬，原則上，都曾在社會上形成騷動引人注意到的新聞人士，如建烏山頭水庫的日籍工程師八田與一、二二八事件導火線的林江邁、掙脫禁忌的女模特兒林絲緞、電影《海角七號》導演魏德聖、負傷勇奪奧運獎牌的跆拳道選手蘇麗文、愛心小天使沈芯菱等；屬於女性者有：蔡阿信、謝雪紅、葉陶、李仁記、林絲緞、紀政、萬淑娟、沈芯菱等八位。

這些大人物小人物，一定有某種特質，值得文學家動筆，流傳他們e事跡行蹤。瀏覽金順兄所寫這些作品，我粗略找到「勇」與「生的鬥志」是它們的共通點。如寫朱一貴的〈二層行溪夢春風〉講「鴨母王饒勇善戰」；寫林爽文的〈好漢剖腹來相見〉：「亂世豪傑俠義心腸行盡尾聲／二十冬後好漢剖腹來相見」；寫王添灯〈文山茶行〉：「你踮歷史舞台裡／常在搬演忠肝義膽／政統的角色」；寫林絲緞的〈禁忌〉：「半世紀前的憨膽，成就／女權運動的野史，典範」；寫為民主言論自焚鄭南榕的〈番仔火枝〉：「點灼人間光明燈／喚醒／大睏四百冬的台灣魂」等。

這40首詩寫作e時間，由2005年就開始，比較集中於2008年。篇幅並無相同，有長有短。撇開這些，我比較中意寫黃石輝這首，標題是〈夯旗拽風勢〉，正好搭配作者詩後所記：1930年代鄉土文學論戰旗手。這首詩以兩個不同時間點，互打「旗」語，黃石輝佇1930年代殖民地台灣，揮舞「台灣話文」的大旗，作者佇2006年e民主台灣，報告「台語文學」e成就。在目前台語文學界，金順兄伊被公認是「新生代台語文學運動

e重要旗手」。兩位旗手,黃石輝e夯旗跟金順兄e夯旗,時空不同,目的與效果一致,攏是為了「台灣文學」,攏是佇台灣釘文學e根。

旗手,有時是站在隊伍旁邊,有時佇隊伍頭前,搖旗吶喊「加油」的流汗者,夯旗e旗手,出版詩集是伊收成e日子,將汗換作笑e日子。我是以抱著這款e心情,看待《一欉文學樹》出版,向作者道喜。

2009年3月16日

收進《一欉文學樹》,陳金順詩集,2009年6月

# 清澄的詩思

## ——讀明理的詩

　　長年的詩文學閱讀，深刻體驗到：寫詩，不是某些人的權利（力）；有文字書寫技巧的任何人，都是繆斯（Muse）的寵愛兒女，都能從筆端流瀉出感人的詩篇。至於質與量，端賴個人投入的時間、精力與才氣。有人日吐數詩，有人十年磨一劍；有人千絲淡淡，有人一詩驚豔。

　　因為《笠》詩刊的編務，接觸熟人外，不時有新人露臉，這自然是詩壇之幸與應有的期待。回顧e-mail檔案，明理從2007年11月3日投稿起，隨後，有意加入「笠」社，間亦傳寄其畫幅。其間，我既沒有鼓勵亦無洩氣，僅淡淡地以純欣賞方式瀏覽，偶而提出一些個人淺見，她也似乎不在意地日日e-mail一詩或數詩。有一次，參觀台北市立美術館參觀「鈞特・葛拉斯的詩與畫」後，向她談及詩畫共融的作品集。近日，她決定印製詩書。

　　明理的詩大都抒情詩，書寫自己、童年、夢境、鄉村、景色，有些是成長歷程的記憶，有些是知識的拓延，有些是生活印象，有些是隨感而發的詩思，此類頗多，甚至「戰地」的惶惑，我無從知曉她的「戰爭」經驗如何萌生，如：「汽笛悲鳴／只要對那平窗笑望／車聲軋軋也同樣激昂／在揮手之間／掩蓋著戰地的驚慌」（〈銀笛聲響〉），是電影蒙太奇鏡頭的轉幻？總之，其執筆之勤，不輸專業詩人，短短兩個月，已經準備進軍詩壇。

明理的詩，沒有很強烈的色彩和華麗的詞彙，清澄而流暢的詩句，彷彿寧靜鄉村見底的明澈小溪流，緩緩潺潺。從書寫自己開始，圈上圓圈，像水紋般蕩開，其彩筆塑造著紅塵中生靈的單純欲求：「我翩翩的羽翼是無間的力量／愛，讓我展翅，飛向光芒……」（〈剪影〉）。人生，應有飛向光芒的無間（斷）力量。

謹記數語，聊表祝賀。


2007年12月29日
收進《秋收的黃昏》，林明理詩集，春暉版，2008年1月

# 在靜美田園裡安頓位置

## ——讀薛淑麗詩集《水田之春》

　　出版詩集有幾層意義，首先，自然是宣示效用，宣示作品的份量足以躋身「詩人」或作家行列，換句話說，取得詩人身分證；其次，整理自己的情緒，告知世人我的喜怒哀樂，或者與社會脈動一致；第三，現階段我的文字努力，我還在進行中；以及告知繆斯：我在此，請望望我。也許尚有更多理由與意義，姑且列舉四項。

　　薛淑麗《水田之春》的集印，屬於上述哪一種理由，作者未明講，我不得而知。從閱讀她的文字，似乎有意藉由這樣的書寫，覓尋文字，慰藉自己的心緒，安頓自我的位置。她說：「我在挫折中生出懷疑，然後，把這一切的瞥見，都丟入了自身的孔洞，在恐懼中淹沒於茫茫裡。／／直到父親罹癌，裹在靈魂上那層名叫『自憐』的薄膜，終於褪去，無可逃避阻擋的，我觸碰了「真實」。／／……能在茫茫中刻出篩掉雜質的紀念物，標誌著脫去了多餘之物後逼近的所在，純粹的存在。／／……她說出了自己。」

　　這讓我想起友人岩上的詩〈星的位置〉首段：「我總想知道／自己的宿命星在甚麼位置／有否閃爍燦然的光輝」。岩上這首詩，藉「天上一顆星，地面一個人」的俗諺，企圖找尋自己星宿的位置，約1970年（32歲）作品。

轉換「我思，故我在」，寫作，是為了證明自己的存在。當薛淑麗她「說出了自己」，即表示完成詩集《水田之春》之際，她也安頓了自己。透過詩作，既渲洩自己的心緒，也見到自己的存在意義與位置，或許就是薛淑麗這本詩集的價值。

　　縱觀薛淑麗詩集《水田之春》七輯30首作品，大部份是兩段式的小詩，十行以內，初稿大都完成於2007年2月。是什麼因素在這個時間點，讓她以短詩方式抒發？試著先瀏覽這些詩作。

　　七輯詩作，第一輯「水田之春」，前引之言，說明寫作背景：父親罹病，陪侍在側，藉夜晚散步，調適心思，並從黝黑的水田中感受到時節變化的神秘生命力。六首詩題，依序為：秋分、大雪、立春、驚蟄、清明、夏至，這六個節氣或許是寫作的時間，因為就內容言，兩者似乎無關。倘若丟開詩題的絆腳，以編號為組詩方式，可能更可以領會「水田之春」整體意象的呈現，也就是作者所言水田之美的生命力。作者從第一首水田裡的模糊影像（為長輩操心）到第六首的「不再懷疑的亮」，可以看出她一路心靈煎熬的脈絡。六首中，第二首，幾組意象「築巢」、「縫隙」等掌握準確清晰，「針管、藥劑、病院中的呻吟／都在喉嚨裡疲倦地築巢」、「這是火焰燒出的鳥／從傷者的血液流出歌」最能傳達作者的傷懷，觸動讀者的感受。如是閱讀，反而有豁然開朗的心境。

　　第二輯「霧中水月」，五首詩題為：上下茫茫、內外茫茫、黑白茫茫、虛實茫茫、陰陽茫茫；霧，與人迷茫、視覺模糊，作者心中承受著親情病痛的壓力，也有難遣的無奈，外界實境的茫

霧，內心無助的茫然，使得作者一下子「忘記自己的臉」，一下子「重疊成自己的臉」，一下子「變化著臉」，一下子「找尋到自己的臉」，抓不牢的霧中水月，印鑑紛紜錯綜的「自我」。

第三輯「寂靜的夜」，五首詩：雷火、烽火、劫火、燭火、煙火。火，有光明，也帶毀滅。在寂靜的夜裡，作者心中之「火」，由強、大、凶，逐漸轉弱、小、柔，見到自己情緒的趨緩：「從自己的夢境中醒來／不再轉向黑暗的天空／從自己的暗影中爬出／歌聲傳入土地」（〈燭火〉）；作者掙脫「虛妄的夢」，「白鳥貼著岩石飛行／銜透明的葉子／照著天空上的魚和陰影中的果實／晶亮，它們都是掛在枯枝上閃爍的字」（〈煙火〉）；白鳥，彷彿火浴後的鳳凰，為作者引進光明的慰藉。

第四輯「一棵病的老樹」，兩首詩：〈命運的癌〉、〈灰色病院〉。負面的語詞「餘燼」出現三次，另有苦楚、暗影，以及「黑鳥穿梭在之間，盤旋」。作者父親罹病的陰影縈懷不去，那是一棵病的老樹。

第五輯「傷者」，四首詩：腐、痛、瘤、十字繃帶。較之前一輯，這四首詩寫得極隱晦艱澀，句句連結的間隔太寬，不易捕捉作者意欲傳達（告知）的傷痛。類似的詩句，也出現在第六輯「旅行的死亡」，輯名即出現難懂，在旅行中死亡？抑死亡的旅行？在旅行中碰見死亡？本輯四首詩：一瞬、夢中走、在孔竅中、出竅。「白花」、「兩座原始的隧道」、「孔竅」，應該意有所指，但如何傳達給讀者？至於「死亡，不再是植物的形式」，同樣費解。此輯的〈夢中走〉，對稱的兩段六行詩，還能稍微領會某些作者想要追雲逐夢的意念。

第七輯「灰色的路」，四首詩：岔口、夕陽、回家、潔淨的村落。抖落前兩輯的夢囈情境（紫色的夢境），回復現實情境，「在枯枝上長出嫩葉／它認出自己／在草叢中發出蟲聲／它認出自己」，作者在家鄉「潔淨的村落」找回自我。

詩的寫作，要破除固定反應與制約反射，透過「去熟悉化」（defamiliarization）觀點，接受陌生化，產生新鮮、新奇的感覺，但不能刻意雕琢隱晦，形成有句無篇，夢囈文句，此現象充斥詩壇某些流行的弊病，還被認為是「詩人的特權」。

薛淑麗似乎亦受到感染。

整本詩集《水田之春》，看似一串珠鍊，串連作者的憂思、感懷傷痛，以及承受瀕臨死亡威脅的無奈。透過黝黑水田與家鄉（有「霧鄉」之稱的三義）濃重霧氣的朦朧，在隱晦的文字堆，作者覓得自己。如是，詩文學的閱讀與寫作，對作者言，何嘗不是一種安撫及療癒的媒介。

2010年2月21日
收進薛赫赫詩集《水田之春》，薛淑麗，2010年8月

# 城鄉記憶的定格

——速記純樸與誠實的李國躍

　　1970年代的李國躍，出身台中師專，很自然地與「後浪詩社」結緣。

　　1969年3月31日，洪醒夫、蘇紹連、蕭文煌等都是台中師專高年級學生，他們在校園組辦「後浪詩社」，進行詩作練習與討論，切磋詩藝。1970年，洪醒夫擔任校刊《中師青年》主編，策劃「後浪詩頁」。1972年畢業離校，8月間，洪醒夫發函約請集結校友，重組「後浪詩社」，1972年9月28日出刊報紙版《後浪詩雙月刊》，推入台灣詩壇，第一年發行6期。1973年9月31日，改版三摺型《後浪詩雙月刊》，發行7至12期。走出校園投入台灣文學圈的「後浪詩社」，建立了詩壇口碑，1974年11月15日，改雜誌版《詩人季刊》，共發行18期。「後浪詩社」雖以台中師專學生及畢業校友為成員主體，仍吸引台北藝專、東海大學、北醫等跨校文藝青年的加入。

　　從《詩人季刊》第3期（1975年9月15日）至第18期，李國躍每期均有詩作發表。第3期刊登〈掌紋〉與〈路〉兩首類似散文詩的作品，隱約有蘇紹連與陳珠彬兩位學長的合成影子。發表同時，還被標示：李國躍是新人。第4期（1976年1月15日）對這位新人李國躍有很特殊的禮遇，〈穿衣〉乙詩以卷首方式刊登詩創作之首，〈購物〉與〈假乳〉兩首則以壓軸置放創作末頁（頁

30）。粗閱這些詩，都會生活的寫照，夾雜質疑存在意義的思索，讓初入社會的青年，有股迷離的徬徨感覺。第5期（1976年5月15日）佔兩頁五首詩，開始有小孩意象進入詩核心的寫作，如〈果核〉

> 小女孩看了看整整早上
> 終於蹲下了身
> 決鬥蛆蟲
> 拾起果核
> 垂掛胸前

以及〈球〉：「走進學生裡面／緊緊抱住自己／成一粒球／圓圓的滾向學生／學生的笑聲在多碎石的操場波起／上升著潮汐／教室無言望著」，表現學校裡師生互動的情韻與詩章。第6期（1976年10月15日）「同仁動態」報導「李國躍現已退役，在北縣教書」，同期刊登四首詩，編輯部加註：「李國躍的詩得之偶然的律動，在那一瞬間似乎抓到永恆一般，心靈的震撼是極為強烈的。」（頁19）。應是對新人的鼓勵有嘉。教師生涯的開始，詩筆也有明顯轉向，第7期（1977年1月15日）的兩首詩〈傳球〉與〈佈置教室〉預伏兒童詩寫作的投入。

李國躍的詩路大體如是：從校園文藝青年，成為1970年代青年詩社成員、新生代寫手，再轉入兒童詩的創作（或許包括指導）。在1980年代中期，他寫了自己鄉村生活回憶與教師歷程、教學經驗、與學生互動等文字淺白的兒童詩書二集：《鄉

村》與《城市》，兩系列各有52首詩，前書於1988年順利出版，僅收31首。

　　事隔二十年，回看此二集，依然呈現詩人寫兒童詩的特點。

　　李國躍來自農村，有實際田園操作經驗，在北台灣教書的城市生活，如是，型塑了城鄉記憶。

　　《鄉村》系列描繪農鄉村的見聞：路、橋、人、物、動植物、昆蟲、農事操作⋯⋯等，這些物象，都是靜態農業社會的純樸風景，讀這些詩篇彷彿置身法國巴比松畫派彩筆下的農村風光：濃鬱綠樹、樸素人群、簡單橋身、犁田插秧、牛車花燈、沙堆鞦韆⋯⋯等，不少物象，都以「小」稱之：小溪、小店、小火車。

　　整部《鄉村》系列約可分為兩大類：外觀景物的描繪，和心理情緒的捕捉。前者留下對物與人的記憶：〈風鼓〉、〈石磨〉、〈竹子橋〉與〈佃農〉、〈豬哥〉、〈乞丐〉，他（它）們都已自農業社會退隱消失了。〈挑糞〉與〈抓蛇〉兩首是頗具心理寫實的呈現。人造肥料不普遍的年代，挑糞（挑肥）工作是村民乃至孩童的作業，作者以此取材，描寫姊弟二人負責這項工作，又害怕被同學撞見，產生很微妙的心理變化──害羞的是挑糞，喜悅的是眼見澆肥後農作物的快速成長；全詩洋溢活潑、童趣以及揣摩十歲孩童的心理變化，語句貼切，表達自然，與農村的純樸極為融洽搭配。〈抓蛇〉乙詩很有趣的描寫鄉村生活的一個偶發景象。幾位孩童碰到「乾水溝的草叢裡」的一條蛇，怕牠又想驅趕牠。「互相推來推去，／沒有人敢接近。」把孩童的心

理抓得很合宜。第二段，「我」自告奮勇的舉起竹棒靠近。緊接著，第三段，出現意料不到的狀況，蛇「移動了一下身體」，「我」嚇得大叫、、「大家」和「蛇」互相「嚇跑了」。這樣結局，兩全其美，孩童的心理也發揮淋漓盡致：想抓蛇，卻被蛇嚇到；整首詩文字淺白，是兒童生活中的語言和語氣。

　　城鎮都會的景觀五光十色，作者揀取與其身邊相關者為詩的素材，主要以學童的校園生活為軸心。孩童在學校上課下課以及放學後的活動，如〈轉學〉、〈家庭訪問〉、〈撿頭髮〉、〈灑水〉、〈升旗〉、〈早餐〉、〈鑰〉、〈電動玩具〉、〈打棒球〉、〈游泳池〉、〈單槓〉、〈銅像〉等；家庭生活，描寫如〈家〉、〈媽媽的影子〉、〈妹妹我們回家去〉、〈搬家〉等，也有植物花卉，如〈盆栽〉、〈杜鵑花〉、〈芒花〉。城鄉栽種的植物，跟城鄉受教的學童，應有相異處。〈鑰匙〉一詩：「背上書包／摸摸掛在胸前的鑰匙／想一遍媽媽的話；／媽媽不在時／不要隨便把門打開／不認識的人敲門／不可以讓他進來／／放學了／用鑰匙打開鐵門／把自己關在屋子裡／靜靜的作功課／等媽媽回來」，「鑰匙兒」成了都會孩童的寫照。時代變遷，人際交流頻繁，鄉村的孩童似乎也需自帶（備）進出家門的鑰匙了。〈銅像〉乙詩，倒流露孩童另一自主的意見，詩如此寫著：「高高的站立在校門口的花圃上／看起來十分威嚴／老師說他是／蔣公／時代的偉人／民族的救星／每天走進校門要先向他敬禮、鞠躬／／老師／蔣公很可憐／下雨時／被大雨淋／出大太陽時／被太陽曬／／老師／蔣公很沒有禮貌／向他敬禮／他都不回禮」。受人景仰的背後，還得承受唾棄的鄙夷。

　　李國躍《鄉村》與《城市》兩系列詩作，是他在城鄉移動時現實與回憶的生活記錄。有趣的是，兩集的首篇即是詩書之名，《鄉村》系列的首篇〈農村〉，描繪1960年代工業化前的典型農村：「彎過不平的碎石路／走過搖搖晃晃的竹子橋／修長的竹子／圍繞著古老的瓦屋／／一陣一陣狗叫聲／歡迎來訪的客人／小狗、小雞／在瓦屋旁邊的草地上追逐、覓食／聚在屋頂上的麻雀／望著曬滿庭院的稻穀／吱！吱！吱！／／微微的風／吹過黃昏的屋頂／飄出一縷一縷炊煙／飄過庭院旁邊的龍眼樹／飄向村子後方的小山坡／飄出一陣一陣飯菜香／／逐漸入夢的／是靜靜的夜／是一張一張安詳的臉／在蟋蟀的鳴叫聲中／等待著天亮時公雞的啼叫聲」。這樣靜美的環境，彷彿是都會人的夢土，但，已是不可能回去的農村景象，僅存在於畫家的畫境裡，以及詩人的詩筆。

　　相對的，《城市》系列的首篇〈城市〉一詩，56行分5段，是所有詩作中篇幅最長的（部分詩句刻意斷句分行）。前兩段：「色彩繽紛的霓虹燈／隨著下山的夕陽／在大樓的頂端／在百貨公司的大門口／大飯店的牆壁／一盞／一盞／亮了起來／在夜空下／閃閃／爍爍／／匆匆忙忙的人潮／在下班、下課的鈴聲裡／從一棟一棟辦公大樓的電動門／從各級學校的大門口／從十字路口的地下道／一群／一群／湧進了人行道／在路燈下／推推／擠擠」。忙碌的人群、疏離的人潮，迥異鄉村，片斷得無從定影懷念。

台灣兒童詩的寫作，有三類成員：成年詩人、教師、學童。學童的習作需賴成人（包括教師、家長）的引導。教師寫作，有功利傾向與教學需求。成年詩人介入兒童詩，雖有盲點，如兒童語言、兒童心理的揣摩……等，但，較能掌握詩的質素。李國躍有詩與寫作的素養，身為孩童教師，由此介入，寫出來兒童詩自然可讀成分高，這應該是《鄉村》與《城市》二集，重現兒童文學界的主因吧！

2010年7月15日
刊登《滿天星》第66期，2010年8月

# 找回柏谷

　　很早就知道柏谷是同鄉，竹南中港地區人。1960年代，藉由《六十年代詩選》與《本省籍作家作品集・新詩集》二書，及《笠》詩刊第11期、《筆匯》月刊、《詩・散文・木刻》等雜誌，知道他活躍於1950年代台灣詩壇，之後，似乎銷聲匿跡，連「笠」詩社創立前後的活動都沒有參與。1980年代初返回文壇，柏谷已是翻譯日本文學的名家了；那時節，「極短篇」、「掌中小說」。井上靖絲路「散文詩」等，風行台灣譯界書市，他是重量級的譯家。跟他最近距離的接觸，應是1994年7月初國家圖書館舉辦「外國文學中譯國際研討會」，坐在聽眾席後排，聽他在講台上宣讀論文〈翻譯藝術的原點〉，對他解說俳句的翻譯，為求詩藝，將「俳句」譯成「詩」，進而認為「譯出來的詩已不能算是俳句。但視之為中文短詩，至少有模有樣」的看法，有些不以為然。該次活動，第一次與來自馬尼拉的譯詩家施穎洲晤面。

　　稍後，有機會選註「苗栗文學讀本」及撰述《苗栗縣文學史》，才比較用心整理先前收集的資料。然而，只能在冰冷的文字堆中逡巡無緣向同鄉前輩請益。

　　2002年策劃完成《羅浪詩文集》，與幼華商量好，下一位是江上，文化局同意，江上本人也無異議，2003年的計劃大底完成。再接著，有意整理《薛柏谷文集》；期間，一度失望，想放棄，不再處理。

放棄薛柏谷？誰說？我偏要重新整理。

2002年8月13日上班途中，一路想著；「我就是要重新整理！」

一晃間，六年光陰溜失，《薛柏谷文集》兩冊：《薛柏谷詩文集》和《薛柏谷譯文集》終於順利推出。苗栗新文學前輩的編輯整理作業，大底告一段落。

想為兩冊文集製作完美些，在頂樓空地光線足夠處，拍攝封面書影與詩文發表原件後下樓走入電梯。突然自問，究竟為何？有人自稱「文學愛好者」，「文學信仰者」，或被尊為「文學領航人」，「文學巡狩」等等。自己究竟為何？在文字堆與書刊間遊走，前輩龍瑛宗先生謙稱「孤獨的蠹魚」，看似自得其樂，實有生活現況中的酸澀味。或許「文學信徒」，可以接受，似乎仍跨張了些。

因為「信徒」，對「文學」無悔？

還是習慣的一句話：「先做了再說」。


薛柏谷呈現多重角色，翻譯家柏谷，有明確的文本，供大眾檢視欣賞及嘖嘖稱奇；詩人柏谷是誰？塵封了半世紀，如今出土，有待大家重新認識。在〈情詩〉一詩中，男子苦戀女子「像一受磔刑的異教徒的」，這樣的用語和寓意，深刻地傳達愁苦戀情的無解。相對於家庭，不受家人（尤其是妻子）諒解的文字寫作者，是否也是一名「受磔刑的異教徒」，其煎熬其心絞，真的「只有不語的大街才能知悉，才能知悉」嗎？

感謝詩人麥穗提供柏谷早年的詩作，並撰文追憶，也謝謝喜

愛柏谷的學者文友，集結您們的文章，想必柏谷及其家屬，跟我一樣，心存感念之情。

　　《薛柏谷文集》兩冊書順利出版，但不夠完美，我知道還有遺漏，尤其是俳句的翻譯，這部份文獻留待有心人去追索了。

2008年6月6日

刊登《笠》詩刊267期，2008年10月15日，「柏谷小輯」

## 【莫渝按】

1.本文原為《薛柏谷文集》的「編後記」，因家屬刻意刪除末三段部份文字，莫渝回絕，自動移除該書內。

2.1980年代，薛柏谷翻譯甚多井上靖有關「絲路」的散文詩，有些集成《天山‧絲路‧長河》（1988年），我保留著部份剪報，放進書夾內。在撰寫《苗栗縣文學史》之後，不知堆放何處，幾次欲尋未果，這也造成此文末所言「還有遺漏」的遺憾。這個書夾，終於在2011年1月覓得。

3.《笠》詩刊267期「柏谷小輯」登載：

　　莫　　渝／柏谷簡介

　　莫渝選／柏谷詩選（四首）

　　麥　　穗／從《現代詩》看早期的薛柏谷

　　林水福／柏谷──有時想起的朋友

　　莫　　渝／找回柏谷

# 化身或轉世

## ——讀李長青的散文詩

　　沒問過，也不知道長青為何挑選散文詩作為文學書寫的出發。

　　假設，長青已經認識「散文詩」，且讀過不少散文詩作品，商禽的？紹連的？沈臨彬的《泰瑪手記》？波特萊爾的《巴黎的憂鬱》？抑其他書市詩人的作品？

　　長青的散文詩集《給世界的筆記》是新著，卻非新產品，寫作時間長達十三、十四年。從〈開罐器〉到〈給世界的筆記〉，想傳遞什麼訊息？是警誡的告言？先知的預防？還是，彷彿摸索的少年，找到／發現了新事物，欲向世界揭櫫某種宣示。

　　宣示：我是多麼不快樂，多麼茫然，多麼憤懣，多麼憂鬱？

　　1998年〈少年〉一作：「我發現我被窗戶栓留起來，走不出去，跳不出去，透明的窗外是羅列的風景，它們毫不遲疑加入囚禁我的行列。」在封閉的透明玻璃窗，看得見窗外的任何動靜，卻「走不出去，跳不出去」。自我囚禁，抑被豢養軟禁？

　　憂鬱少年的長青，躲入「散文詩」的「透明 清晰的窗戶」般的蛹，從十三、十四年前的1997。在蛹內，自我營養，自我修行，自我凌虐，自我啃噬，意欲蛻變？成蛾？成蝶？成詩？

　　1997年的〈憂鬱之傷〉一作，三段，未及150字，竟用了13處「憂鬱」，結尾「憂鬱著你憂鬱鏡前的憂鬱」，這樣的措

詞，我在美國鬼才文人愛倫坡詩〈The Ravan〉：「夢著凡人不敢夢的夢」（dreaming dreams no mortal ever dared to dream before）見過一次。夢，也是長青散文詩喜用的字詞。他說：「夢境撫養我長大，夢境督促我度過難關，……；夢境訓練我，夢境栽培我，／／我對夢境祈禱，衷心祈禱。」較之憂鬱，夢對長青友善多了。因而，他喜歡在夢境扮演盜墓者、走索者，以便與詩貼暱。

長青的憂鬱，是哪一種？mélancolique？triste？spleen？第三字，波特萊爾《巴黎的憂鬱》使用的英文字；第二字，「憂傷」、「哀傷」、「哀愁」；第一字，較常譯「憂鬱」。不論何種，它們都是憂鬱，長青的憂鬱？

是否文學少年都多愁善感，把憂鬱掛在臉上，說在嘴邊，寫在筆下？

憂鬱之蟲啃噬的散文詩，一直是法國文學家的少年之愛。法國文學19、20世紀的兩位情篤摯友：紀德和魯易，年輕時均有散文詩集的出版，24歲的魯易出版《比利提斯之歌》（1894年），26歲的紀德出版《地糧》（1897年）。以小說《日安‧憂鬱》（1954年）走入文學寫作的女作家莎岡，回憶她年少的閱讀，13歲讀《地糧》，16歲讀韓波的《彩繪集》；二書均屬散文詩集。她更直言：《地糧》是「第一本為我而寫的聖經，或由我自己所寫的聖經」，極盡推崇之譽。《地糧》是紀德年輕時，遊歷北非和義大利之後，以抒情方式，揉合傳統的短詩、頌歌、旋曲等形式，組成歌吟「解放」（自由）尋求感官逸樂的記錄。文類的劃分，歸屬散文詩集。內容上，強調愛、

熱誠，排斥固定的事物。

散文詩的書寫，形式上，可以工整的，如魯易《比利提斯之歌》，每首均四段；可以散漫的，如紀德《地糧》。

散文詩的內容，可以是浪漫唯美的詩情畫意，如沈臨彬的《方壺漁夫》，可以是難以捉摸的玄奧奇思，如紹連的《隱形或者變形》。

與長青同輩的王宗仁，他倆一樣情篤摯友。宗仁於2008年2月出版散文詩集《象與像的臨界》，被蘇紹連譽為「台灣新一代的散文詩第一把號手，他吹響了自己的聲音」。「王宗仁向蘇紹連學習、靠攏且深得其奧，足以擔起『繼起人』」（《笠》266期，頁89）。宗仁的散文詩內涵苦澀如紹連；形式大都三、四段，有情節的懸疑和起伏；類似魯易《比利提斯之歌》的形式。而長青的散文詩，嚴格講，有點像fragments，片簡，片段、斷片、精緻的掌中小語。集合89篇加上標題的斷想與片段式的書寫，形成《給世界的筆記》的告白。紀德的《地糧》，看似一小段一小段鬆散的片簡，這些飄忽隨想的意象，有效地滋潤乾渴的心靈。紀德在《地糧》說：「這裡是愛與思想的微妙交流」。長青則要揮別「所有的愛與絕望」（〈給世界的筆記〉）。從這角度看，我有點釋然。原來，《給世界的筆記》是求入定的詩書？

法國文論家羅蘭・巴特說「文學作品一經發表與出版，即宣告死亡」，此意：作品是脫離母體（創作者）的木乃伊。藉由當世或後代讀者評論家的閱讀，它復活了，它重新展現活力。換句

話說：作者亡身，作者的靈魂轉化為「文學作品」，仍在人間奔走流通傳閱。那麼，詩（包括藝術品），算是作者的化身、轉世，另一尊作者現身。

散文詩高手蘇紹連自解其寫作的策略是：置身情境的投射、隱形或變形於物象事件裡。對景仰蘇紹連的長青言，散文詩是華麗的陷阱（〈選擇題〉），同時，「這個世界的風沙，仍繼續推擠，馳行，轉身，變形⋯⋯」（〈風沙〉），以及「只是因為我／不斷變化著我的形貌」（〈遺失〉），「用變形的夢當鰭」（〈游泳池〉）。

長青的化身或轉世，似有所呼應巴特與紹連之說。

序，原本該為解題、贊曰而寫。讀長青的散文詩，湧現太多的問號。這些Q，仍留給長青A吧！

2011年6月20日

收進李長青的散文詩集《給世界的筆記》，

九歌版，2011年12月，略有增刪

# 詩，幸福的隱喻

## ──讀甲木木詩集《幸福專賣店》

　　文字書寫是一項傳承的行業。讀過什麼樣的書，受到什麼樣的啟迪，順理，由具象物件轉入抽象的文字符號，寫出來的詩，必然是找到並投影了自身。因而，有關詩的定義，年長抑剛出道者，人人皆懂得提出「自以為是」的詩觀。對甲木木言，同樣可以引錄其說詞，她說：「詩是天天該服用的維他命／可以讓浪漫的心靈帳戶／日進斗金」（〈小引〉）又說：「詩是亞熱帶的汪洋，溫暖而豐饒。」前者以不現實的詩，充當現實的滿意看待；後句廣瀚地求取溫情蘊藉。

　　明確自己的詩觀，詩的產生，自然實踐了這項可能。

　　2012年上半年，甲木木預定出版兩本詩集；3月上市第5本詩集《以愛養生》，4月出版本書。本書《幸福專賣店》係第6本詩集。

　　這樣的出版量，的確令人讚歎與欣喜。贊歎作者寫作的勤奮，詩集出版順利；欣喜詩壇看似欣欣向榮，並非如某些悲觀人士所言「詩，已死」或「詩壇已式微」。

　　詩集書名《幸福專賣店》，幸福，可以販售？可以推銷？幸福，有專櫃，可以用金錢購買？

　　詩集內的同題詩〈幸福專賣店〉，提出幾個現象：憂傷換季、收購哀愁煩憂、回收孤獨寞落、縫合傷口……，這些都是人

類單獨個體脆弱情緒的起伏，現實生活碰觸的反應，人際關係互動的挫傷，即「心理諮商」、「心理治療」、「心理輔導」等設定的課題。因為「幸福專賣店」也是「幸福精品店」，自然品質保證，它要：代理心曠神怡、出清福氣；且「所有交易須以物易物」，因而，兼宗教似的慈善事業。

從社會現象的諮商或治療課題，轉為「審美」議題的詩文學，為的是達其潛移默化之效。


同一語詞，在不同的時空，出現似是而異的詮釋。其實，異，是有限的差異，或原義的延伸與輻射。幸福跟愛情一樣，有人認為強求不得；有人卻極力地追求。「專賣店」、「專櫃」，是當前都會行銷的名詞與用語，表明特性與品牌。〈作者序〉言：「珍惜每一顆悸動的心翼」，懂得珍惜，也期盼專賣幸福，彷彿畫家梵谷〈播種人〉灑播的專注神態。

甲木木把讀詩寫詩當作追求幸福、期盼幸福的作業。身為詩壇一份子，樂於看見這位年輕詩人認真耕耘，推廣代表人性善美的幸福。


2012年1月20日

# 詩、愛與幸福

## ——讀林姿伶詩集《剪幾行春天給自己》

詩文學的寫作必然有某種動力的催促，才會持續，才能甘之如飴。沒問過林姿伶（甲木木）如何自處這問題，也不知有無同伴相隨相知相惜，互相打氣，彼此激勵。僅僅知道她勤奮地寫，努力在各詩刊露臉，連連集印一冊冊的詩集，不輸給同行者與前輩，算量產？我倒欣賞她書寫的用心與目標。

說目標，應該是指她讀詩欣賞詩寫詩的出發點。詩，讓她的生活充實，主要是感受愛與幸福。既得到愛與幸福，也施放愛與幸福，同時善加珍重愛與幸福。

不論「幸福專賣店」，或「安裝幸福」，對「幸福」期許與盼望，似乎是林姿伶（甲木木）的生命觀。幸福，左右著她書寫時的方向。

年輕，夢想多，夢的翅膀最豐厚結實，即使像Icarus的行徑亦在所不惜。年輕的林姿伶自己裝配夢想羽翼，飛往詩幸福的寶殿。她在布拉格，「故意剪一行小小的春天給自己／剩下的十三行留給卡夫卡」（詩〈在布拉格剪一行春天給自己〉）；飛到廣漠的北疆，只為證明「我是愛奴 逃不出邊陲」（詩〈西伯利亞〉）；不遠翔，就近在科學博物館，也可以進行想像練習，她

要「幫貧血的星球補充鐵質釋出 $\alpha$ 波／有感的心請起立謙卑地彎下腰／大聲的說：／『親愛的地球，請和我們一起幸福吧！』」（詩〈科博館的想像練習〉）。她細膩地用詩將春天、愛、幸福珠串成一條項鍊《剪幾行春天給自己》，昭告眾人。林姿伶雖未自許「幸福」散播者，或幸福天使，她的詩是「幸福」的代言；讀她的詩，感受也感染了幸福。

在這冊新書六十餘首詩，有兩篇值得細品：〈以春光佐茶〉與〈月色〉。這兩首篇幅少，為十行以內的短詩，短詩精練簡約，瞬間聚焦，即可意會。八行的〈月色〉，從黃昏到墨夜，由幾組意象串織，「夕陽傾瀉金黃的笑聲／將晚霞擊落」、「月光安然渡過銀河」、「犁出的墨夜」、「群星跳電的眼／倒出的光靜默如謎」、「月亮親手落款」。九行兩段的〈以春光佐茶〉，詩人著眼於生命的展示，茶不以「葉」出名，飲茶不飲「熬葉之水」；「安靜的翠」、「幸福的籽」因春光之故，「在滾滾紅塵裡／細熬慢煮一口甘美」。兩首詩共同點是文字不浪費不多餘，近乎飽滿，卻預留韻味。一首強調詩藝，一首要求本質，都足以見識（女）詩人的才氣。

我這麼想，從幻身的甲木木恢復本相的林姿伶，在她如此細緻心思的經營，詩途將更加寬廣。

2013 年 4 月 19 日

# 後記

　　2007年出版《台灣詩人群像》，內有24位詩人論與詩評，本書為續編。續編，不意味閱讀的對象未重疊。陳千武、黃騰輝、趙天儀、拾虹、李昌憲等五人，即是再現，但非同一篇文章的重複。單單一篇文章，如何描繪詩人全貌？況且，詩人的容顏體態隨歲月流動，有所變化；詩人作品的美學鑑識，一樣產生嬗變。我的作業宛如瞎子摸象，僅僅捕捉了某一時空下的部份側顏。

　　本書寫作時間，大體延續《台灣詩人群像》之後，約2007年至2011年間。共集錄22位詩人，不論年長或青春年少，往生抑健筆者，他（她）們都是過去式與進行式地在台灣詩界裡活躍。由於互動及錯身的因緣，留住了情誼，同時留下這些定格般的文字記錄。

2012年10月30日

要文評02　語言文學類　PG1078

## 要有光 FIAT LUX　台灣詩人側顏

| | |
|---|---|
| 作　　者 | 莫　渝 |
| 責任編輯 | 黃姣潔 |
| 圖文排版 | 詹凱倫 |
| 封面設計 | 王嵩賀 |

| | |
|---|---|
| 出版策劃 | 要有光 |
| 製作發行 | 秀威資訊科技股份有限公司 |
| | 114 台北市內湖區瑞光路76巷65號1樓 |
| | 電話：+886-2-2796-3638　傳真：+886-2-2796-1377 |
| | 服務信箱：service@showwe.com.tw |
| | http://www.showwe.com.tw |
| 郵政劃撥 | 19563868　戶名：秀威資訊科技股份有限公司 |
| 展售門市 | 國家書店【松江門市】 |
| | 104 台北市中山區松江路209號1樓 |
| | 電話：+886-2-2518-0207　傳真：+886-2-2518-0778 |
| 網路訂購 | 秀威網路書店：http://www.bodbooks.com.tw |
| | 國家網路書店：http://www.govbooks.com.tw |
| 法律顧問 | 毛國樑　律師 |
| 總 經 銷 | 易可數位行銷股份有限公司 |
| | 地址：231新北市新店區寶橋路235巷6弄3號5樓 |
| | 電話：+886-2-8911-0825　傳真：+886-2-8911-0801 |
| | e-mail：book-info@ecorebooks.com |
| | 易可部落格：http://ecorebooks.pixnet.net/blog |

| | |
|---|---|
| 出版日期 | 2013年10月　BOD一版 |
| 定　　價 | 300元 |

國家圖書館出版品預行編目

台灣詩人側顏 / 莫渝著. -- 一版. -- 臺北市：要有光,
　2013. 10
　　面；　公分. -- (要文評；2) (語言文學類；PG1078)
　BOD版
　ISBN　978-986-89852-5-4 (平裝)

1. 臺灣詩　2. 詩評

863.21　　　　　　　　　　　　　　102020164

# 讀 者 回 函 卡

感謝您購買本書，為提升服務品質，請填妥以下資料，將讀者回函卡直接寄回或傳真本公司，收到您的寶貴意見後，我們會收藏記錄及檢討，謝謝！
如您需要了解本公司最新出版書目、購書優惠或企劃活動，歡迎您上網查詢或下載相關資料：http:// www.showwe.com.tw

您購買的書名：_____

出生日期：_____年_____月_____日

學歷：□高中 (含) 以下　　□大專　　□研究所 (含) 以上

職業：□製造業　□金融業　□資訊業　□軍警　□傳播業　□自由業
　　　□服務業　□公務員　□教職　　□學生　□家管　　□其它_____

購書地點：□網路書店　□實體書店　□書展　□郵購　□贈閱　□其他

您從何得知本書的消息？

　□網路書店　□實體書店　□網路搜尋　□電子報　□書訊　□雜誌
　□傳播媒體　□親友推薦　□網站推薦　□部落格　□其他_____

您對本書的評價：(請填代號　1.非常滿意　2.滿意　3.尚可　4.再改進)

　封面設計____　版面編排____　內容____　文／譯筆____　價格____

讀完書後您覺得：

　□很有收穫　□有收穫　□收穫不多　□沒收穫


對我們的建議：_____

_____

_____

_____

11466
台北市內湖區瑞光路 76 巷 65 號 1 樓

**秀威資訊科技股份有限公司** 　　收

BOD 數位出版事業部

⋯⋯⋯⋯⋯⋯⋯⋯⋯⋯⋯⋯⋯⋯⋯⋯⋯⋯⋯⋯⋯⋯

（請沿線對折寄回，謝謝！）

姓　　名：＿＿＿＿＿＿＿＿＿　年齡：＿＿＿＿　性別：□女　□男

郵遞區號：□□□□□

地　　址：＿＿＿＿＿＿＿＿＿＿＿＿＿＿＿＿＿＿＿＿＿＿＿

聯絡電話：(日)＿＿＿＿＿＿＿＿＿＿　(夜)＿＿＿＿＿＿＿＿＿＿＿

E-mail：＿＿＿＿＿＿＿＿＿＿＿＿＿＿＿＿＿＿＿＿＿＿＿